Max Necke

Deutsches Weihnachtsbuch

Erzählungen und Märchen

SEVERUS Verlag

Necke, Max: Deutsches Weihnachtsbuch. Erzählungen und Märchen.
2014
Neuauflage der Ausgabe von Original-Erscheinungsjahr
ISBN: 978-3-95801-166-3

Umschlaggestaltung: SEVERUS Verlag

Bibliografische Information der Deutschen Nationalbibliothek: Die Deutsche Nationalbibliothek verzeichnet diese Publikation in der Deutschen Nationalbibliografie; detaillierte bibliografische Daten sind im Internet über https://dnb.de abrufbar.

Der SEVERUS Verlag ist ein Imprint der Bedey & Thoms Media GmbH, Hermannstal 119k, 22119 Hamburg

---

SEVERUS Verlag, 2014
http://www.severus-verlag.de
Gedruckt in Deutschland

Max Necke

Deutsches Weihnachtsbuch

Erzählungen und Märchen

SEVERUS

Wie der alte Christian Weihnachten feierte

Von Paula Dehmel

»Kind,« sagte am Vortage des Weihnachtsfestes meine gute Mutter zu mir, »Kind, geh, bring' dem alten Christian seine Kuchenstolle und dies Paket. Sag', ich ließ' ihn schön grüßen, und er möchte das Fest und das neue Jahr gesund und ruhig verleben. Diesmal wär' zuviel Arbeit, ich könnt' nicht selber abkommen.«

Ich blickte etwas erstaunt und beunruhigt von meinem Buche auf. Ich kannte den mürrischen alten Waldhüter recht gut; wie oft hatte ich mich als kleines Mädchen vor seinem großen rostigen Schnurrbart gefürchtet, wenn er uns beim Beerensuchen auf verbotenen Plätzen überraschte und uns mit seinem Brummbaß aufschreckte und davonjagte.

Jetzt freilich hatten wir ihn nicht mehr zu fürchten, denn er war schon seit etwa zwei Jahren pensioniert. Nach dem Tode des alten Försters, dem er sehr ergeben war, hatte auch er um seine Entlassung gebeten. Das Reißen in den Füßen sei zu arg, meinte er, er könne nicht mehr stundenlang im Walde umherlaufen; und mein Vater, der Arzt im Städtchen war, hatte ihm das gewünschte Attest ausgestellt. Seitdem hatten wir einen neuen Förster und einen neuen Waldhüter, und beide nahmen es nicht so genau mit uns Kindern. Der alte Christian Merkenthin aber zog zur Witwe Klemm draußen in der Vorstadt, die dem Walde am nächsten lag, und ließ sich selten blicken. Zu ihm sollte ich nun gehen.

Meine Mutter, der meine Unruhe nicht entgangen war, lächelte: »Geh nur, Kind, er ist in seiner Stube anders als du ihn sonst kennst, und du bist schon groß und verständig genug, um deine Freude an dem prächtigen alten Manne zu haben.«

Ich nahm meinen Mut zusammen, als ich die gute Mutter so reden hörte, klappte mein Buch zu, langte Hut und Mantel vom Riegel und machte mich gehbereit.

»Wenn du dem Christian ein wenig Gesellschaft leisten willst, kannst du das gern tun,« sagte meine Mutter noch, indem sie mir sorglich die Pakete in den Arm legte, »um sechseinhalb Uhr wird beschert, da mußt du wieder hier sein.«

Ich nickte still, sagte ihr lebewohl und ging mit leiser Neugier im Herzen und etwas Bangigkeit die Hauptstraße der Stadt hinunter. Ich beschleunigte meine Schritte und war bald aus der Häuserreihe heraus.

Die Wiesen, die sich bis zum Waldrande ausbreiteten, lagen im tiefen Schnee, und auf den kahlen Ästen der Kirschbäume, die die Chaussee begrenzten, hockten und flatterten Hunderte von Krähen, die wohl vergebens nach Futter suchten.

An den beiden verschneiten Kornmühlen vorbei, die leise im Winde knarrten, kam ich, mit rotgefrorener Nase und steifen Fingern endlich bei dem Häuschen der Witwe Klemm an, wo mich ein kleiner schwarzer Spitz mit wütendem Gebell ansprang. Die Frau des Hauses, die auf sein Kläffen herauskam, rief ihn zurück und maß mit großen

Augen den unerwarteten Besuch. Auf meine Bitte führte sie mich jedoch bereitwillig die steile Holztreppe hinan auf den kleinen mit frischem Sand bestreuten Flur, wo sie an eine der Türen klopfte. Ohne lange das Herein abzuwarten, öffnete sie, steckte den Kopf in die Spalte und meldete: »Eine kleine Jungfer wünscht Euch zu sprechen, Herr Merkenthin,« worauf sie die Tür weit aufsperrte und mit einem schnellen neugierigen Blicke verschwand.

Dichter Tabaksqualm umfing mich, als ich zögernd näher trat und die Tür hinter mir zuzog; und zuerst sah ich weiter nichts, als die mir wohlbekannte, aufrechte Gestalt mit der Jagdjoppe und den hohen Wasserstiefeln, die er, wie ich sah, auch im Hause trug. Auf sein knurriges, doch nicht gerade unfreundliches: »Na, was bringst denn du?« kam ich mutig näher und legte meine Pakete auf den Tisch.

»Das schickt Euch Mutter, Herr Merkenthin, und Ihr möchtet es nicht übelnehmen, wenn sie diesmal nicht selber käme, es wäre zuviel im Hause zu tun.«

Der Alte hatte unterdessen die Stolle ausgewickelt und die Strickjacke und die Strümpfe mit kritischen Blicken gemustert. Die Besichtigung schien zu seiner Zufriedenheit ausgefallen zu sein, denn er legte alles wie zärtlich unter den kleinen Tannenbaum, der auf einer weißen Serviette auf der Kommode stand, versenkte sich in die Betrachtung seiner Schätze oder hing sonst seinen Gedanken nach; jedenfalls schien er meine kleine Anwesenheit ganz vergessen zu haben.

Meine Augen hatten sich indessen an den Rauch gewöhnt, und ich ließ sie nun in dem kleinen Zimmer umherwandern. Die Wand, an der ich lehnte, wurde fast ganz von einem großen schwarzen Ledersofa ausgefüllt, das mit seinem eingesunkenem Sitz und seinen breiten Armlehnen gewiß von Urgroßmutters Zeiten herstammte. Neben mir, auf einer der Lehnen, lag eine große graue Katze zusammengerollt und schlief. Ich streichelte ihr dickes Fell, da erhob sie sich langsam, machte einen Buckel und gab mir deutlich zu verstehen, daß sie noch mehr gestreichelt sein wollte. In demselben Augenblicke flatterte etwas über mir, und als ich hochsah, kam ein größerer Vogel und setzte sich auf meine Schulter.

Der alte Christian drehte sich um und brummte: »Magst du Tiere leiden, kleine Doktorn?« Ich nickte eifrig und stand ganz still, um den kleinen Gast auf der Schulter nicht zu verscheuchen. Des Alten Stimme wurde jetzt etwas sanfter: »Ich mag eigentlich keine Vögel im Zimmer; was in den Wald gehört, soll im Walde bleiben, aber der Bengel will nicht wieder fort, trotzdem der gebrochene Flügel lange auskuriert ist. Es ist ein Star und ein kluger Vogel,« fügte er hinzu, und ich sah, wie seine Augen liebevoll nach dem Tierchen hinblinkten.

»Verträgt er sich denn mit der Katze?« fragte ich.

»O, mein Peter weiß schon, wieweit er gehen darf,« knurrte der Alte, »und allein laß ich die beiden nicht, eines von ihnen spaziert in die Küche, wenn ich fortgehe; aber nun setz' dich doch auf das Sofa, du hast einen weiten Weg gehabt in der Kälte, ich will dir was Warmes zu trinken holen.«

Er verschwand durch die Tür, und ich streichelte abwechselnd den Vogel, der ruhig auf meiner Schulter blieb, und die Katze, die sich wohlig an meinem Ärmel rieb. Eine geschnitzte Wanduhr tickte laut, und über mich kam ein warmes Gefühl von Heimlichkeit und Weihnachtsfreude. Die Tannenzweige, die hinter dem kleinen Spiegel über der Kommode steckten, und das mit weißen Lichten geschmückte Bäumchen verbreiteten einen lieben Duft, selbst der Tabaksqualm kam mir nun recht gemütlich vor.

Christian kam mit einem Glase Grog aus der Küche; legte einen Pfefferkuchen auf ein vergoldetes Tellerchen, das er aus der obersten Kommodenschublade nahm, und reichte mir beides. Der alte Mann sah recht hilflos und ungeschickt dabei aus, aber mir gefiel es, und mein junges Herz fing an, den bärbeißigen Geber zu verstehen und zu lieben, wie nur Kinder lieben können, schnell und unmittelbar. Ich wollte ihm eigentlich sagen, daß uns solche Getränke verboten seien, fürchtete aber ihn zu kränken und schwieg. Tapfer trank ich die scharfe heiße Brühe, im stillen hoffend, daß meine Eltern es mir verzeihen würden. War ich doch damals schon zwölf oder dreizehn Jahre alt, und begriff, daß Recht und Unrecht nicht so leicht zu sondern sind wie Äpfel und Nüsse, und daß man sein Herz so erziehen muß, daß es ohne große Mühe das kleinere Unrecht und das größere Recht herausfühlt.

Der alte Christian sah befriedigt zu, wie ich schluckweise trank und meinen Pfefferkuchen mit der Katze und dem Star teilte. Plötzlich sagte er: »Hast du Zeit, eine Stunde mit mir in den Wald zu gehen? Du kannst mir tragen helfen.« Ich nickte und sah ihn erwartungsvoll an. »Nun ja,« fuhr er fort, als er meine fragenden Augen sah, »nun ja, die Kreatur soll doch auch wissen, daß Weihnachten ist.« Damit nahm er den Starmatz von meiner Schulter, ging in die Küche, und ich hörte an seinem Zureden, daß er den Vogel in sein Bauer sperrte.

Mir brannten die Backen vor Freude; ich ahnte wohl, was der alte Waldhüter, der sein halbes Leben in Gemeinschaft mit den Tieren des Waldes zugebracht hatte, tun wollte, und ich war glücklich, dieser seltsamen Bescherung beiwohnen zu dürfen. War ich doch von klein auf daran gewöhnt, auch die Tiere als Gottesgeschöpfe zu betrachten, sie zu schonen und zu lieben, wie ein erwachsener Bruder seine unmündigen Geschwister schonen und lieben soll.

Als der alte Christian gleich darauf mit seiner Pelzmütze, den Wasserstiefeln und einem Sack über der Schulter wieder in die Wohnstube trat, glich er ganz und gar dem Weihnachtsmann aus den Märchen, und ich ließ mir wie im Traum den vollgepackten Henkelkorb über den Arm hängen. Er nahm noch einen Spaten und mehrere Tannenzweige mit und schritt mit voran und die Treppe hinab. »Adjes, Frau Klemm,« rief er durch die halboffene Küchentür seiner Wirtin zu, »in ein bis zwei Stunden bin ich wieder da.« »Gut, Herr Merkenthin,« klang es zurück, und ich ging und öffnete die Haustür.

Der Spitz ließ uns mit leisem Knurren passieren. »Die Menschen sind auch mißtrauisch, warum sollte es das Viehzeug nicht sein,« sagte mein Begleiter, »ihm kommt noch mehr Übles zu als unsereinem,« und damit schritten wir der ungefähr eine Viertelstunde entfernten Schonung zu.

Die Sonne neigte sich schon tief nach Westen und stand wie eine dunkelrote Scheibe am Himmel; ein kühler Wind strich über die Felder. Wir mußten am Ortskirchhof vorbei, und mein Blick streifte die in tiefen Schnee gebetteten Gräber. Nie war ich bisher im Winter hierher gekommen; ich kannte den Kirchhof nur voller Grün und Blumen, und eine Ahnung von der Feierlichkeit alles Gewesenen streifte meine junge Seele.

Der alte Christian war stehen geblieben. »Warte ein paar Minuten,« sagte er, »ich bin gleich wieder hier.« Damit stellte er den Sack neben mich, nahm den Spaten und die grünen Zweige und verschwand hinter der eisernen Pforte. Ich sah ihm nach. Ein Schwarm Krähen flog bei seinem Eintritt in die Höhe, und ich verfolgte mit meinen Blicken die Vögel, wie sie krächzend dem Walde zuflogen.

Ob die Tiere auch etwas vom Tode wußten? ...

Aus dem Hause des Totengräbers, der ein Stück weiter die Straße hinauf wohnte, klang plötzlich doppelstimmig: »O, du fröhliche, o, du selige, gnadenbringende Weihnachtszeit,« und mein bewegliches Kinderherz streifte mit einem Lächeln die kleine Wehmut ab und wurde wieder hell und weihnachtsfröhlich, als gäbe es keine Kirchhöfe und keine hungrigen Krähen mehr auf der Welt.

Jetzt kam auch der alte Christian zurück, aber ohne die grünen Zweige. »Hab' meiner guten Frau und der kleinen Käte da drin bloß sagen wollen, daß ich am Weihnachtsabend an sie denke,« brummte er, nahm, ohne mich weiter anzusehen, seinen Sack auf und ging etwas schneller als vorher dem Walde zu.

Ich ließ ihn vorausgehen und horchte auf den Klang des Weihnachtsliedes, der noch eine ganze Weile mit uns mitging; mir war, als wäre ich in der Kirche. Ich hätte dem alten Manne, der seine liebsten Menschen hatte begraben müssen und nun allein unter dem Weihnachtsbaum stehen würde, so herzlich gern etwas Liebes gesagt; aber ich wußte nicht, wie ich das beginnen sollte, und so ging ich schweigend hinter ihm her. Unvermutet kam mir da meine liebe Mutter in den Sinn; ich begriff, warum sie gerade dem alten Christian heut eine Herzensfreude bereiten wollte, und eine große Dankbarkeit überkam mich, ein neues schönes Gefühl von Liebe und Erkenntnis.

Der Wald, der sich jetzt vor uns ausbreitete, kam mir in seiner weißen Einsamkeit fast schöner vor als im Sommer. Der Wind hatte sich gelegt, wir hörten nur den weichen

Ton unserer Schritte und dann und wann ein leises Knacken im Holze, das von dürren Ästen herrührte, denen die Schneelast zu schwer geworden war.

Christian blieb stehen: »Nun wollen wir unsere Weihnachtstische herrichten,« sagte er, nahm seinen großen Sack von der Schulter und band ihn auf. Was da nicht alles zum Vorschein kam! Hammer und Zange, Bindfaden und Nägel, Messer und Schere; und wozu er wohl alle die Strohmatten und zugespitzten Stäbe brauchen würde, die er aus den Tiefen des Sackes hervorholte. Meine Neugierde sollte bald gestillt werden, denn ich mußte meinen Korb hinsetzen und ihm bei seiner wunderlichen Arbeit behilflich sein.

Da, wo dichtes Astwerk den Schnee abgefangen hatte, so daß der Boden nur wenig damit bedeckt war, bauten wir unsere Speisekammern. Zwei Ecken einer Matte banden wir etwa meterhoch an einem Baumstamm fest, während die beiden anderen Ecken auf zwei in der Nähe eingebohrten Pfählen befestigt wurden.

So entstand ein gedeckter kleiner Raum, der den hungrigen Tieren gut zugängig war. Wir säuberten ihn vollends vom Schnee, und nun kam auch mein Korb und sein Inhalt an die Reihe. »Hier am Waldrand hält sich Meister Lampe gern auf,« sagte der alte Christian; dabei langte er Kohlblätter und Rüben aus dem Korbe, um sie dem Häschen aufzubauen und in etwas seinen Winterhunger zu stillen. »Es ist ein Jammer, wieviel Gutes unnütz auf dem Kehrichthaufen verkommt«, fügte er hinzu, »wo doch soviel dankbares kleines Gesindel in der Welt umherläuft: ja, ja, der Mensch denkt kaum an seinesgleichen, wie sollte er der Kreatur gedenken.« Ich nickte ernsthaft und nachdenklich, und dann gingen wir weiter.

Alle fünfhundert Schritt etwa schufen wir ein neues Tischlein-deck-dich. Aber nicht bloß für die Hasen, auch für die Vögel wurde liebevoll gesorgt. Futterkästen mit allerlei Samen, Sonnenblumen- und Kürbiskernen wurden in Ast und Strauch untergebracht; Talgklöße und Speckschwarten, ja ein paar ganze Gänsegerippe und Bratenkeulen mußten sich die Bäume aufbinden lassen. »Die sind für die Meisen und Spechte, auch für die Rotkehlchen und das andere kleine Viehzeug, denen der Flug übers Meer zu weit ist,« meinte der Christian; »hoffentlich naschen ihnen die Krähen und Dohlen nicht das beste weg. Aber die wollen ja auch leben,« fügte er leise hinzu, »auch dem Bösesten knurrt der Magen, ja, wenn der Hunger nicht wäre, wenn der Hunger nicht wäre!«

So stapften wir weiter durch den dichten Schnee, und während unser Gepäck immer leichter wurde, wurden unsere Herzen immer heller und weihnachtsfreudiger, und ich weiß nicht, wie es kam, plötzlich war mir das schöne Lied auf den Lippen, und ich fang es leise vor mich hin:

»Es ist ein Reis entsprungen aus einer Wurzel zart ...«

Der Alte hörte andächtig zu, und als es zu Ende war, wiederholte er: »Mitten im kalten Winter – ja, mitten im kalten Winter, da blüht's oft drinnen am besten auf, aber das wirst du noch nicht verstehen, kleine Doktorn.«

Nein, ich verstand es damals noch nicht, jedoch ich fühlte, daß der alte Christian was Liebes damit meinte, und faßte nach seiner alten runzligen Hand.

Das Schönste vom Tage sollten wir aber noch erleben. In einer Lichtung stand plötzlich ein großer Hirsch vor uns, und mehrere junge Hirsche und Hirschkühe kamen hinter ihm her. Er hob den Kopf mit dem schönen Geweih und sah uns klug und furchtlos an. Auf das leise Pfeifen des Alten kam er zutraulich näher und das ganze Rudel mit ihm. Wir warfen ihnen Brot und Kartoffeln zu, die sie sogleich verzehrten, ja, der große Hirsch wurde so dreist, daß er aus meiner ausgestreckten Hand ein Stück Brot nahm, und ihr könnt euch gewiß denken, wie sehr ich mich darüber freute.

»Es ist Schonzeit, da weiß die Kreatur, daß sie was riskieren kann,« brummte der Alte; aber auch aus seinen umbuschten grauen Augen zuckte die Freude über das hübsche Bild.

Das schrille Geläute eines Schlittens, der auf der nahen Landstraße daherkam, ließ unsere lieben Gäste jäh auffahren und die Flucht ergreifen. Ich sah ihnen bedauernd nach. »Sie finden schon wieder her, kleine Doktorn,« sagte Christian, »hier ist seit vielen Jahren ihr Futterplatz.«

Nun sah ich erst, daß etwa hundert Schritt von uns ein kleines festes Strohdach auf Pfählen aufgerichtet war, und daß noch geringe Futterreste verstreut umherlagen. Mein Begleiter nahm aus dem Korbe reichlich Roßkastanien, Eicheln, getrocknete Lupinen und das noch übrige Brot und baute es dem Wilde als Weihnachtsgabe auf.

»Kommen die Rehe auch hierher?« fragte ich und hoffte im stillen auch diese hübschen Tiere nahbei sehen zu dürfen. »Nein, denen müssen wir woanders bescheren,« meinte der Alte, »die haben eine feine Nase und lieben den Hirschgeruch nicht. Und kiesätig ist die Bande auch,« fügte er hinzu, »Wenn sie nichts Grünes mehr finden, fressen sie höchstens ein bißchen Korn und feines Heu, na, sie sollen auch ihr Teilchen kriegen. Aber aus der Hand werden sie dir wohl kaum fressen, du kleine Hexe, es ist ein furchtsames Chor; komm, ich weiß die Stellen, wo sie gern äsen, sie sollen heute auch was extra Leckeres haben.«

Wir gingen noch etwas tiefer in den Wald und fanden

bald an einer ziemlich versteckten kleinen Lichtung Spuren von Rehwild und einen ähnlichen Futterplatz wie zuvor. Hier legten wir Korn und Heu nieder und verhielten uns eine Weile mäuschenstill; die kleinen Gäste wollten sich aber nicht blicken lassen.

»Morgen früh werden sie die Bescherung schon finden,« schmunzelte der Alte und band noch den Rest unserer Vorräte für die Vögel in die Bäume.

Es war auch mittlerweile Zeit geworden, an den Heimweg zu denken. Die Sonne war lange untergegangen, und nur der Schnee leuchtete uns aus dem Dickicht hinaus. Es war empfindlich kalt geworden, ich schlug den Mantelkragen hoch und steckte die fast erstarrten Hände in die Ärmel.

»Komm nur, kleine Doktorn,« tröstete mich mein Begleiter, »der Schneiderwirt wohnt nicht weit von hier, der hat einen feinen Schlitten, und hastenichtgesehn sind wir zu Hause, das wäre doch noch ein Extra-Weihnachtsspaß, wie?« Und damit zog er mich frierende kleine Person durch das Gewirr der Stämme auf nur ihm bekannten Pfaden vorwärts, und bald waren wir auf der Landstraße. Hier grüßte uns schon von weitem das grüne Licht einer Laterne, die zum Wirtshaus zum Bären gehörte. Peter Holtzen, ein früherer Schneider, hauste darin, und man nannte ihn in der ganzen Gegend den Schneiderwirt. Wir traten mit Behagen in die warme Wirtsstube, und die gute Mutter Holtzen zog mir gleich die nassen Schuhe und Strümpfe aus und hing sie über die Messinghaken, die in den riesigen grünen Kachelofen eingeschraubt waren. Meine nackten Füße steckte sie in warme Pantoffeln, brachte mir eine Tasse heiße Milch, und nach ein paar Minuten wußte ich nichts mehr von Frost und Kälte.

Der alte Christian trank ein Glas Warmbier, rauchte dazu sein Pfeifchen und plauderte mit Peter, dem Schneiderwirt, über die Schlachten bei Wörth und Sedan, und wie kalt es in jenem Winter gewesen war; und ich hörte den beiden alten Soldaten mit Interesse zu.

»Bist 'ne wackre Dirn,« sagte der alte Christian zu mir, als wir eine halbe Stunde später in dem hübschen Wirtsschlitten unter lustigem Geläute nach Hause fuhren, »bist 'ne wackre Dirn, kleine Doktorn, ich ließ das Vater und Mutter extra bestellen und viele Grüße und schönen Dank dazu.« Damit sprang er vor seiner Tür aus dem Schlitten, winkte noch mal mit der Pfeife, und der Kutscher fuhr weiter meinem elterlichen Hause zu.

Ich lief die Treppe hinauf und fiel meiner Mutter um den Hals. Mein Herz war zu voll; erst nach und nach konnte ich von allem erzählen. Aber nie zuvor hatten mir die Lichter am Tannenbaum so hell gestrahlt, und nie zuvor hatte ich Eltern und Geschwister so lieb gehabt wie an diesem Weihnachtsabend!

Zwischen dem alten Christian und mir entspann sich seit jenem Tage eine wirkliche Freundschaft, die bis zum Tode des alten Mannes dauerte. Oft saß ich an freien Nachmittagen in seinem Stübchen, las ihm die Zeitung vor oder beschäftigte mich mit seinen Haustieren, für die ich meist diesen oder jenen Leckerbissen bereit hielt.

Am Tage vor Weihnachten aber gingen wir regelmäßig in den Wald, um die Tiere zu füttern, und ich sammelte schon Wochen vorher für unsere Lieblinge.

Manch ein echtes und kluges Wort ist damals aus dem Munde des alten Christian in meine Seele geglitten und hat dort eigene Weihnachtskerzen angezündet, die hell und lieblich auf meinen Lebensweg leuchteten.

Hanspeters Weihnachtslied

Von Charlotte Niese

Bei Hanspeter Grimm und seiner Frau wurde Weihnachten gefeiert. Seine Mutter und Geschwister saßen um den großen Tisch, und in der Ecke stand der brennende Weihnachtsbaum. Das ganze Zimmer duftete nach Weihnachten, und als Hanspeters Frau ein Weihnachtslied anstimmte, sangen alle mit. Draußen fiel der Schnee; ganz leise stiebte er ein wenig an die Fenster, als wollte er sagen: ich muß doch da sein, damit es weiße Weihnachten sind, aber ich meine es nicht bös. Nachher will ich wieder aufhören, und dann sage ich den Sternen Bescheid, daß sie auf die weihnachtliche Erde hinabscheinen.

Doch Hanspeters Frau zog die Fenstervorhänge zusammen, rief in die Küche, daß der Punsch gebracht werden sollte, und dann setzte sie sich wieder neben ihren Mann.

»Nun wollen wir uns ein paar Weihnachtsgeschichten erzählen!« sagte sie. Da begannen die jungen Leute zu berichten. Jeder hatte schon Weihnachten etwas erlebt, das er besonders fand, und die Geschichten hörten sich ganz gut an: aber im ganzen waren sie doch ein wenig langweilig, wenigstens fand dies die alte Frau, die still in der Sofaecke gesessen hatte und sich nun an Hanspeter wandte.

»Erzähl' mal deine Weihnachtsgeschichte!« meinte sie.

Ihr Sohn schüttelte den Kopf. »Sie ist auch nicht besonders, Mutter! Nur eine Dummejungengeschichte.«

»So dumm ist sie gar nicht,« erwiderte seine Mutter, »erzähl' sie nur!«

Als dann auch die andern um die Geschichte baten, und noch zwei Freunde dazukamen, die eingeladen waren, den Weihnachtsbaum zu sehen, und sich neben seinen knisternden Kerzen hinsetzten, da warf Hanspeter einen fragenden Blick auf seine Frau, die ihm freundlich zunickte.

Also begann Hanspeter zu erzählen:

»Ja, Kinder, wenn ihr jetzt gemütlich Weihnachten bei mir feiert, und ich mein gutes Auskommen in Altenkirchen habe, vier Kühe im Stall, und dann die gute Bäckerei, dann denkt ihr wohl, daß ich mit 'nem silbernen Löffel im Mund geboren bin. Aber da fragt nur Mutter: es ist uns tüchtig knapp gegangen, als Vater so schnell starb und sie ganz allein mit den fünf Kindern saß. Damals ist sie zum Arbeiten ausgegangen, und wie ich noch nicht konfirmiert war, mußte ich schon beim Bauern helfen und mit dem Milchwagen durch die Dörfer fahren. Ich tat's nicht ungern, und manchmal war es ganz nett, in den Sonnenschein ganz früh morgens hinauszufahren, aber meistens war's nicht leicht, so früh aus den Federn zu müssen und bei jedem Wetter von einem Haus zum andern zu kutschieren. Ich hatte auch nur einen Anzug, und der wurde so schlecht, daß ich mich freute, wie Ostern kam und der Dorfschneider mir einen neuen machte. Halb hatte ich ihn mir verdient; die andere Hälfte blieb Mutter schuldig, ich sollte sie allmählich abbezahlen. Ich wurde nämlich konfirmiert, und nun kam ich in die große Gutsmeierei, um die Kühe zu melken. Darauf freute ich mich natürlich, und dann noch mehr über meinen neuen Anzug. Natürlich trug ich ihn nur sonntags, aber dann kam ich mir sehr fein vor. Er war aus blauem Düffel und hatte große blanke Knöpfe; als ich mir von meinem ersten Lohn ein Paar neue Stiefel kaufte und Mutter mir ein selbstgestricktes Paar Strümpfe schenkte, da wollten meine kleineren Geschwister immer dabei sein, wenn ich mich Sonntags feinmachte, und ich selbst kaufte mir einen kleinen Spiegel, den ich auf die Erde stellte, damit ich mich ganz besehen konnte.

Ich kam wir wirklich großartig vor, und den ganzen Sommer hatte ich Spaß an meinen guten Sachen. Schön ist es, sich selbst was zu verdienen: das wißt ihr alle, und wenn ich meinen Wochenlohn an Mutter brachte, dann lobte sie mich immer und sagte: »Hanspeter, du machst mir Freude!« Endlich bildete ich mir denn ordentlich was ein und glaubte, ich wäre ein Hauptkerl, und niemand wäre so klug wie ich.

Das ging so bis in den November, und ich dachte schon darüber nach, was ich Mutter zu Weihnachten schenken wollte, und was ich wohl von der Herrschaft kriegen würde, als der lange Franz nach Altenkirchen kam. Der hatte auch 'ne Stelle in der Meierei, und fragte mich gleich, als er mich zum erstenmal sah, ob wir nicht zusammen nach Hamburg gehen wollten. Ich war noch nie in Hamburg gewesen, obgleich es mit dem Omnibus nur zwei Stunden zu fahren war; aber Mutter sagte, ich sollte nicht allein gehen, und sie hatte keine Zeit mitzukommen.

Der lange Franz konnte es nicht begreifen, daß ich noch nie in Hamburg gewesen war.

»Du bist ja ein Mondkalb!« sagte er: »Liegt dir das feine Hamburg vor der Nase, und du kennst es nicht. Und um diese Zeit fängt doch der Dom an!«

Vom Dom hatte ich natürlich gehört. Das war ein großer Jahrmarkt, und Mutter sagte, da könnte man in einer Sekunde sein Geld loswerden. Als ich dies sagte, lachte Franz noch mehr.

»O was ein Muttersohn! Glaubst alles, was die Frauensleute sagen, und das darf man doch nicht. Der Hamburger Dom ist mehr als großartig, und wenn du noch kein Schwein gesehen hast, das Klavier spielen kann, und 'ne Gans, die sagt, wie alt du bist, und den Flohzirkus, wo die Flöhe Polka tanzen, dann tust du mir leid!«

Franz wußte was zu erzählen! Wie schön es in Hamburg war, wie himmlisch auf dem Hamburger Dom, und ich konnte natürlich nicht genug davon hören.

»Mutter,« sagte ich am nächsten Sonnabend, »ich wollt' gern morgen nach dem Hamburger Dom!«

Ich brachte ihr nämlich meinen Wochenlohn, und wollte zwei Mark zurückbehalten.

Aber sie nahm mir das Geld wieder aus der Hand.

»Hanspeter, wart' bis zum andern Jahr! Der Hamburger Dom läuft nicht weg, und dann kannst mit mehr Geld hin. Dein Anzug ist noch nicht ganz bezahlt, und deine Stiefel haben neue Sohlen gekriegt. Hamburg läuft nicht weg!« Aber ich glaubte, daß Hamburg wegliefe, ging brummig zu Bett und zog am andern Morgen verdrießlich meinen neuen Anzug und die frischbesohlten Stiefel an. Franz hatte gesagt, daß er ganz früh nach Hamburg mit dem Omnibus fahren wollte, und ich ärgerte mich, daß ich nicht mitdurfte. Den Omnibus abfahren sehen wollte ich aber jedenfalls, und lief zum Dorfkrug, wo er stand. Er war schon ganz voll; alte Menschen wollten entschieden nach dem Hamburger Dom, und Franz saß zwischen zwei jungen Mädchen und erzählte ihnen so viel, daß er mich nicht sah. Langsam rappelte der alte Kasten davon, und dann fuhr noch ein Leiterwagen vor für die, die im Omnibus keinen Platz gefunden hatten. Ich steh', seh' die Menschen einsteigen, ärgere mich, daß ich nicht mitkann, und sehe mit einem Male mitten auf dem Wege eine Geldtasche liegen. Ich nehm' sie auf, seh' nach, was darin ist, und dann sitz' ich auf dem Leiterwagen und will auch nach Hamburg!«

Hanspeter hielt inne, und seine Stirn war rot geworden. Aber niemand sagte ein Wort, und so sprach er denn bald weiter.

»Da waren zwanzig Mark in Gold im Beutel, und dann noch so viel Silber, daß ich den Kutscher bezahlen konnte. Ach, wie langsam fuhr der Leiterwagen, und wie kalt wurde es! Es war noch kein rechtes Weihnachtswetter, obgleich es der erste Sonntag im Dezember war; aber der Wind wehte scharf, und im Wagen lag kein Stroh. Da werden alle ganz verklahmt, und wenn die Frauen und Mädchen zuerst vom Hamburger Dom gesprochen und gesagt hatten, was sie sich kaufen und was sie alles besehen wollten, so fingen sie allmählich an zu frieren und wollten irgendwo einkehren, um was Warmes zu trinken. Aber das ging nicht, und endlich hielt der Wagen still, und wir waren auf dem Schweinemarkt in Hamburg. Es liefen dort aber keine Schweine herum; überall standen großmächtige Häuser, und wie ich auf dem Pflaster stand, da taumelte ich etwas, weil ich so verfroren war. Aber ich freute mich doch schrecklich, in Hamburg zu sein, und sah mich um, wo wohl der Hamburger Dom wäre. Ich konnte ihn nicht entdecken, und wie ich mich noch umsehe und mich wundere über die vielen Menschen, und daß keiner nach mir hinsieht – und wie ich gerade jemand fragen will, faßt mich einer am Arm.

»Gun Tag, Peter!«

Ich seh' mich um. Da steht ein junger Mensch, den ich

nicht kenne. Er hat 'nen schlechten Rock an und sieht blaß aus. Aber ich freu' mich doch, daß er mit mir spricht.

»Ich heiß' Hanspeter!« sage ich, und er lacht.

»Ich mein' auch Hanspeter! Willst du nach dem Dom?«

»Ja!« sag' ich.

»Hast denn auch Geld?«

»Gewiß!« erwidre ich trotzig, und er hakt mich unter.

»Dann komm nur, Hanspeter, ich will dich wohl hinbringen. Ich wollt' nur erst etwas Warmes trinken, weil es höllisch kalt ist. Willst nicht auch was haben?«

Natürlich wollte ich das. Ich war kalt und hungrig, und dann wollte ich auch vergessen, daß mir das gefundene Geld nicht gehörte.

Da sind wir denn zusammen losgezogen. Mein neuer Freund hieß Albert, und er sagte, daß er letztes Jahr in Altenkirchen gewesen wäre und meine Mutter auch kennte. Und er erzählte vom Wachsfigurenkabinett in Sankt Pauli, wo alle Mörder zu sehen waren, und von einem Neger, der Feuer fraß, und von noch viel mehr, und dann saßen wir zusammen in einer Wirtschaft und tranken Punsch. Ich hatte noch niemals Punsch getrunken, und er schmeckte mir wunderschön. Das war wie Feuer in mir, und ich wurde lustig und erzählte von zu Haus und von meiner Stelle, und daß ich noch nie in Hamburg gewesen wäre. Und Albert sagte, daß ich ein famoser Kerl wäre und immer bei ihm bleiben sollte. Dann tranken wir Brüderschaft, und was weiter war, weiß ich nicht mehr.

Als ich wieder zur Besinnung kam, da lag ich in einem Bett, und alles war stockfinster um mich her. Schmerzen hatte ich im Kopf, daß ich meinte, er müßte kaputtgehen, und übel war ich, als schaukelte ich auf dem Wasser.

Da schlief ich denn endlich wieder ein, und wie ich nun wach wurde, steht eine alte Frau vor meinem Bett und sagt: »Aufstehn, Hanspeter! Du mußt jetzt arbeiten!«

»Wer sind Sie?« frage ich ganz verdöst, und sie lacht.

»Ich bin deine Herrschaft und heiß' Frau Brand. Weißt du nicht mehr, daß du dich bei mir vermietet hast? Du sollst meinen Keller reinmachen und mein Essen kochen!«

»Sie sind wohl verrückt!« rufe ich. Dabei will ich aus dem Bett springen und nach meinem Anzug greifen. Aber da liegt kein Anzug, und meine Stiefel kann ich auch nicht sehen.

Die alte Frau sieht mich boshaft an.

»Ja, Hanspeter, du mußt schon warten, bis ich dir was hole, damit du anständig aussiehst. Du hast nur ein Hemd an, mein Junge; in son Kostüm kann man in Hamburg nicht rumlaufen. Nicht einmal im Zimmer!«

Sie hatte recht: im Hemd konnte ich nicht herumlaufen, und etwas zum Anziehen war nicht zu finden. Ich weiß nicht mehr, wie laut ich geschrien und geheult hab'; mit einem Male stand der Freund von gestern vor mir, und er trug meinen guten Anzug und meine neubesohlten Stiefel. Ich wollte mich auf ihn stürzen, aber da hielt er mir eine Pistole vors Gesicht. »Wenn du dich muckst, dann schieße ich!« drohte er, und seine Augen funkelten zornig. Da bin ich denn still geworden. Denn erstmal wollte ich mich nicht totschießen lassen, und dann hatte ich solche Schwere in den Gliedern, daß ich meinte, todkrank zu werden. Es war wohl Gift oder was Ähnliches in dem Punsch gewesen, den Albert mir gegeben hatte; und ich fühlte mich schwach wie ein Kranker. Sie warfen mir einen alten roten Weiberrock hin und eine schmutzige Nachtjacke, und dann mußte ich aufstehen und für Frau Brand und ihren Albert Kaffee machen. Dabei lachten sie über mich, und Albert machte nach, wie dumm ich nach Hamburg gekommen wäre, und daß er wollte, noch mehr Schafsköpfe, wie ich, führen mit dem Omnibus hierher, um den Dom zu sehen. Er hatte die Macht über mich. Ich war schwach und krank, und wenn ich mir auch sonst das Weinen abgewöhnt hatte, so saßen mir die Augen jetzt voll von Tränen. Darüber lachte Albert noch mehr, nannte mich eine Heulliese und stieß mich mit meinem eigenen Stiefeln.

Ich war wie betäubt; ich machte den Keller rein, ich schälte Kartoffeln, ich mußte alles tun, was Frau Brand und ihr netter Sohn befahlen, und ich mußte mich stoßen und mir befehlen lassen. Heraus aus dem Keller konnte ich nicht; wo ich war, da wurde die Tür abgeschlossen, und ich wußte ja auch nicht Bescheid in Hamburg. Wenn ich weglief, griff mich die Polizei natürlich gleich auf, und wenn ich sagte, daß ich zwanzig Mark gefunden und nicht abgeliefert hatte, dann steckte die mich wohl ins Loch.

Ja, das war gräßlich, Kinder, und wenn ich jetzt daran denke, dann wird mir noch immer komisch zumute!«

Hanspeter stieß einen tiefen Seufzer aus und sah lange Zeit vor sich hin. Bis seine Frau ihn anlächelte und er weitererzählte.

»Ich bin wohl drei oder vier Tage bei Albert und seiner Mutter gewesen, bis ich mich wieder ordentlich besann. Ich merkte wohl: das waren Verbrecher, denen ich in die Hände gefallen war, und Albert sagte schon einmal, wenn ich artig wäre, dann könnte ich ihm bei einem feinen Geschäft helfen. Ich konnte mir denken, was dies für ein Geschäft war. Ich sollte mit ihm stehlen und betrügen. Aber ich wollte nicht; ich wollte wieder nach Altenkirchen, und ich dachte an meine Mutter, wie sie wohl in Angst um mich war, und was mein Herr sagte, daß ich aus dem Dienst gelaufen war. Aber im roten Unterrock konnte ich nicht auf die Straße, und ich hatte noch immer Furcht vor der Polizei. Albert sagte, das wären alles schlechte Menschen, und wenn sie mich kriegten, würde ich viele Wochen im Gefängnis sitzen müssen. Grade, als ob er gut gewesen wäre, der jeden Tag ausging, um die Menschen zu bestehlen und zu betrügen, und wenn er mit leeren Händen nach Hause kam, dann schlug er seine Mutter. Sie war eine alte greuliche Person, aber als sie einmal laut weinte, da tat sie mir leid, und beinahe wäre ich auf Albert losgegangen, aber ich besann mich noch. Ich wollte nicht zeigen, daß das Gift wieder aus meinem Körper war, und daß ich darüber nachdachte, auszukneifen.

Die Gedanken kamen mir mächtig, als ich an einem Nachmittag allein im Keller war. Die alte Brand war ausgegangen und ihr Sohn auch. Natürlich hatten sie mich eingeschlossen, und die Fenster hatten eiserne Ränder; aus ihnen konnte ich nicht steigen. Aber ich wollte alles versuchen: ich wollte weg; das Leben konnte ich nicht mehr aushalten, und wenn die Polizei mich erwischte, dann mochte sie es tun. Ich war ja doch im Gefängnis, und vielleicht war das wirkliche Gefängnis besser als dieses hier.

Ich saß in der Küche und sollte den Herd reinmachen. Das war ein stickiger Raum und so voll von Sachen gepackt, daß man nicht ans Fenster kommen konnte, das tief unter der Erde lag. Aber ich schob einen großen Schrank zur Seite, und dann suchte ich die Scheibe, die dahinter lag, einzuschlagen. Gerade, wie ich den Arm mit der Kohlenschaufel hob, da höre ich singen.

»Stille Nacht, heilige Nacht, alles schläft, nur einer wacht!«

Das Lied kannte ich auch. Ich hatte es doch vorige Weihnacht mit in der Kirche gesungen, und der Lehrer hatte mich gelobt, weil ich's gut machte, und nachher hatte ich's Mutter vorgesungen, und sie hatte sich die Augen gewischt, wie sie überhaupt Weihnachten leicht traurig war, weil sie an meinen verstorbenen Vater dachte. Und nun weinte sie wohl auch, weil ihr Hanspeter weggelaufen war, und sie nicht wußte, was er mit sich angefangen hatte. Einen Augenblick dachte ich, mein Herz würde entzweigehen, aber dann sah ich ein, daß mit Heulen nichts zu wollen war. Ich wischte lieber die schmutzige Fensterscheibe ab und versuchte, hinauszusehen. Halbdunkel war's schon, aber ich sah, daß das Fenster auf einen Hof ging. Gradgegenüber lagen Hinterhäuser; zu ebener Erde stand ein Fenster offen, und von dorther kam der Gesang. Ich dachte, wer so singen kann, der hilft dem armen Hanspeter, daß er wieder nach Hause und zu seiner Mutter kommt. Ich vergaß, daß ich noch immer im Weiberrock ging und nur ein Paar alte Strohschuhe an den Füßen hatte; ich schlug die Scheibe ein, bog die eisernen Stangen des Kellerfensters auseinander, drückte mich durch und lief nach dem offenen Fenster. Ich sah in eine saubere Stube, in der ein kleines Mädchen ganz allein saß und eifrig strickte. Dabei sang sie ihr Weihnachtslied, und wie ich plötzlich zu ihr ins Zimmer sprang, da erschrak sie nicht, sondern betrachtete mich nur erstaunt.

»Was bist du für ein?« fragte sie. »Bist 'ne Tante oder ein Onkel?« Denn ich sah wohl tüchtig verrückt aus mit meiner Verkleidung und meinem Jungenskopf. Aber ich hörte nicht auf ihre Frage.

»Kannst mir 'ne Hose geben, und einen Rock? Ich geb' es wieder, wenn ich kann!«

Nun sah sie mich noch einmal an.

»Mutter ist auf Arbeit, und Bruder Jochen auch, und ich soll auf alles passen! Und ich sing' ein büschen, weil ich sonst bange bin, und das Fenster hab' ich offen gemacht, weil da ein Sperling war, der so gern reinwollte. Aber er is' doch nicht reingekommen!«

Ich hörte nicht auf sie.

»Kannst mir nicht Rock und Hose geben?«

Mehr konnte ich nicht denken, ich mußte doch aus dem Unterrock heraus. Und vielleicht habe ich ein böses Gesicht gemacht, denn die Kleine ist mit einmal aufgestanden und an einen Schrank gegangen.

»Mutter hat gesagt, wenn die Diebens kämen, dann sollt' ich ihnen man alles geben, weil ich mir noch nicht wehren kann. Hier, lieber Dieb, bedienen Sie sich!«

Da hing ein guter Anzug, und ich weiß nicht, wie ich hineingekommen bin. Und ich hab' nicht danke gesagt und adieu, und bin von dem Zimmer auf die Straße und immer weiter gelaufen. Und wie ich aus Hamburg heraus und wieder nach Altenkirchen gekommen bin, das kann ich heutigen Tages nicht sagen. Aber gegen Morgen am andern Tage war ich vor Mutters Haus, und wie ich leise an die Tür klopfte, und sie mir aufschloß, da hab' ich gehofft, sie würde mir 'ne Ohrfeige geben und mich gehörig schelten. Wer sie sagte kein Wort, und war ganz mager vor Kummer geworden, und ich hätte ihr am liebsten einen Kuß gegeben und sie um Verzeihung gebeten, aber dann schämte ich mich so, daß ich's nicht konnte.

Das Nachhausekommen war schrecklich. Die Leute in Altenkirchen fragten: »Hanspeter, bist du wieder da? Jung', der Hamburger Dom ist dir schlecht bekommen!« und das war auch so. Denn ich war abgefallen, hatte einen bösen Husten und lief noch immer in Strohschuhen, und in der Meierei wollten sie mich zuerst nicht wiedernehmen, weil ich fortgelaufen war; und als sie es endlich aus Gnade und Barmherzigkeit taten, weil ich so jämmerlich bat, da sagte der Herr gleich, daß er mir kein Weihnachtsgeschenk machen könnte. Dann hörte ich auch, daß ein armes Mädchen ihren mühsam gesparten Lohn auf der Straße verloren habe, und die Leute schalten über den Spitzbuben, der Geld fand und es nicht ablieferte.

Wie der Weihnachtsabend kam, da hatte Mutter einen kleinen Weihnachtsbaum angezündet, und die kleineren Geschwister standen darunter und freuten sich. Mutter aber stand ganz still davor und weinte. Die Kinder sangen: »Stille Nacht, heilige Nacht!« und ich sah ein kleines Mädchen allein in der Stube sitzen, und sie nannte mich »lieber Dieb!« Ich war der Dieb gewesen. Wenn sie an mich dachte und von mir sprach, dann sagte sie natürlich: »der Dieb!«

An diesem Abend konnte ich keinen Weihnachtsbaum sehen und kein Weihnachtslied hören. Aber als die Kleinen zu Bette gegangen waren und Mutter vor ihrer Bibel saß, da kam ich zu ihr und gestand ihr, wie alles gewesen war. Und versprach, daß ich alles wieder gutmachen wollte.

Da wurde Mutters Gesicht wieder freundlich, und wenn sie auch traurig war, daß ich das Geld genommen und nachher mir den Anzug erzwungen hatte, so meinte sie, wenn ich mir Mühe gäbe, so könnte ich alles wiedererstatten. So also habe ich das neue Jahr mit guten Vorsätzen angefangen, und wenn auch sonst der Weg zur Hölle damit gepflastert ist, so habe ich mein Bestes getan, sie auszuführen. Das ist nicht immer ganz leicht gewesen, denn was man in einer Stunde Böses getan hat, dazu braucht's oft Jahre, bis alles wieder gut ist, und manchmal gelingt's überhaupt gar nicht.

Aber ich habe ordentlich gearbeitet, um Geld zu verdienen, und nach einigen Monaten kriegte das arme Mädchen, das ihren Lohn verloren hatte, das Geld mit Zinsen von einem Unbekannten wiedergeschickt, und dann bezahlte ich dem Schneider meinen Anzug, mit dem Albert umherjunkerierte, und ließ mir einen anderen machen. Zwar war er lange nicht so fein wie der erste, und im Spiegel mochte ich mich überhaupt nicht mehr besehen, weil ich das Bild vom »lieben Dieb« nicht mehr leiden mochte.

Und dann bin ich einmal gegen Weihnachten mit meiner Mutter nach Hamburg gefahren, und wir haben versucht, das Haus und die Straße ausfindig zu machen, in dem Albert und seine Mutter mich gefangen hielten. Denn wenn ich nur wußte, wo ich im Keller gesteckt hatte, dann wollte ich auch schon herausbekommen, wo das kleine Mädchen wohnte, dem ich den Anzug vor der Nase weggenommen hatte. Aber wir konnten den Keller nicht finden, und dann haben wir eine Kusine von Mutter besucht, die einen kleinen Gemüseladen hatte, und bei der wir Kaffee tranken. Es war eine redselige Frau, und sie und Mutter hatten sich so viel zu erzählen, daß ich schweigend dabeisaß und nicht recht wußte, was ich anfangen sollte. Bis ich mit einem Male eine Stimme singen höre: »Stille Nacht, heilige Nacht!« Da bin ich in die Höhe gefahren, daß mich Tante ganz verwundert ansah.

»Magst das Lied nicht hören, klein Jung?« fragte sie. »Wir haben neue Mieter gekriegt, und das kleine Mädchen übt ihre Weihnachtslieder. Es sind überhaupt sehr nette Leute: eine Mutter und ihre zwei Kinder. Sie wohnten früher in der Marthastraße, aber da hatten sie solch schreckliches Abenteuer mit einem Dieb. Der kam am hellen Tage zu dem kleinen Mädchen, als sie allein war, und nahm einen Anzug von ihrem Bruder aus dem Schrank. Einen Frauenrock und eine Nachtjacke hatte er dagelassen, und das kleine Mädchen, Anna heißt sie, sagte, sie hätte gar keine Angst vor ihm gehabt. Aber ihre Mutter und ihr Bruder haben doch die Wohnung gekündigt. Es war eine zu schreckliche Nachbarschaft.« Und die Tante erzählte weiter, daß eine Frau und ihr Sohn in der Nähe gewohnt hätten, die jetzt beide im Gefängnis wären. Der Sohn hatte fremde junge Leute an sich gelockt, sie betrunken gemacht und sie dann zu seiner Mutter gebracht, die sie eingesperrt und schlecht behandelt hätte, bis sie ebenso schlecht wurden wie ihr Sohn. Die Tante erzählte lang und breit von der Geschichte, und Mutter hörte schweigend zu. Mir aber wollte kein Kaffee mehr schmecken, und ich freute mich, als wir bald aufstanden und auf die Straße gingen.

Tante ging wieder in ihren Laden, in dem viel zu tun war, und wir blieben stehen und wußten nicht recht, was wir tun sollten. Ich merkte, daß es Mutter schwer wurde, zu den Leuten zu gehen, denen ihr Sohn etwas gestohlen hatte, und ich wäre am liebsten weit weggelaufen.

Dann aber hörte ich wieder das Weihnachtslied singen, und ich wußte, daß bald Weihnachten war, und daß es besser war, das Fest zu feiern, wenn das Gewissen ruhig geworden war. So also faßte ich mir ein Herz, und zog an der Glocke von der Wohnung, aus der der Gesang kam. Wie nun ein kleines Mädchen mir öffnete, da trat ich schnell auf den Korridor, freute mich, daß er dunkel war, und sagte ganz schnell und leise:

»Hier sind fünfzig Mark! Ich wollte den Anzug bezahlen, den ich voriges Jahr dir weggenommen hab'. Ich war in großer Not, und ich danke dir noch sehr, daß du mir geholfen hast, und ich werde niemals wieder ein Dieb werden, darauf kannst du dich verlassen!«

Eilig wollte ich wieder weglaufen, da faßte mich eine kräftige Hand.

»Bleib' mal ein büschen hier, mein Jung', ich will dich genau ansehen!« Doch das kleine Mädchen rief laut:

»Jochen, tu' ihm nichts! Ich hab' es immer gesagt, das war kein böser Dieb; er konnte doch nicht im Unterrock auf die Straße laufen!«

Aber Jochen hatte mich gepackt und schüttelte mich derb, und wenn Mutter nicht gekommen wäre und alles erklärt hätte, ich würde wohl noch eine Tracht Prügel besehen halben, und eigentlich hatte ich sie auch verdient. Aber wie Jochen, der ein großer junger Mann war, Mutter sah und ihre bittende Stimme hörte, da ließ er mich los, und die fünfzig Mark nahm er gern, weil er natürlich zum Fest Geld gebrauchen konnte. Er merkte auch, daß es mir ernst mit meiner Reue war, und schließlich wäre er selbst auch ungern mit einem Frauenunterrock gegangen, und Albert kannte er von Ansehen, und wußte, daß er wegen vieler Missetaten im Gefängnis saß, und, wenn er freikam, wahrscheinlich gleich wieder hineinkommen würde. So also hat er uns endlich eingeladen, näherzutreten, und als seine Mutter nach Hause kam, da saßen wir alle um den Tisch, aßen gebratene Äpfel und sangen dabei: »Stille Nacht, heilige Nacht!«

Und wenn die gebratenen Äpfel mir auch nicht besonders schmeckten, denn ich kam mir immer noch wie ein Lumpenhund vor, so sang ich das Lied von Anfang bis Ende, und jedesmal, wenn Weihnachten kommt, freue ich mich, es wieder und wieder zu hören.«

Hanspeter schwieg mit einem tiefen Atemzug und wischte sich die Stirn. Er war heiß bei der Geschichte geworden und sah in die Lichter des Tannenbaums, die ein gut Stück niedergebrannt waren. Der eine von den Freunden stand auf, putzte an den Lichtern und sah dann auf Hanspeters Frau.

»Und wie geht die Geschichte weiter?«

Hanspeter lachte.

»Nun willst du wissen, wie es gekommen ist, daß die kleine Anna meine Frau und ihr Bruder Jochen mein bester Freund geworden ist. Aber das ist eigentlich keine Weihnachtsgeschichte, wenn sie auch Weihnachten begonnen hat. Zwölf Jahre habe ich noch schaffen und arbeiten müssen, ehe ich mein eigenes Haus einrichten konnte. Aber jedermann wird begreifen, daß das Weihnachtslied mir in der größten Dunkelheit geholfen und vielleicht verhindert hat, daß ich schlecht wurde wie Albert. Denn wenn man einmal auf dem schiefen Wege ist, kommt man nicht so leicht wieder auf einen geraden. Deshalb freue ich mich immer, wenn wir das Weihnachtslied singen, meine gute Mutter neben mir sitzt und nicht mehr böse auf ihren Hanspeter ist. Nicht wahr, Mutter?«

Er faßte die Hand der alten Frau und streichelte sie leise.

Dazu knisterten die Weihnachtslichte, aber draußen war es klar geworden, und die Sterne begannen zu glitzern.

Der Dickkopf und das Peterlein

Von Adolf Schmitthenner

Der Dickkopf war die bekannteste Person in der Stadt, trotz der Erlauchtheiten, die die Hochschule schmückten. Er hieß eigentlich anders, und der Polizeihauptmann nannte ihn bei seinem Vatersnamen; aber die Schutzleute rapportierten vom Dickkopf, und jeder von ihnen hatte sich für sein Taschenbuch eine eigene Abkürzung für diesen Namen ersonnen, einer sogar ein symbolisches Zeichen.

Sein Standort war an einer bestimmten Straßenecke im belebtesten Teile der Stadt. Wer nicht lediglich zum Spazierengehen auf der Welt war, mußte mindestens einmal im Tag an ihm vorbei; und wer an ihm vorbeiging, stieg vom Gehweg hinunter, denn der Dickkopf machte niemand Platz. Er grüßte auch niemand. Früher hatte er die Studenten dadurch ausgezeichnet, daß er an seine Dienstmannsmütze griff, und denjenigen Menschen, die er als Autoritäten anerkannte, wie dem Staatsanwalt, dem Prorektor und dem Oberpedell, hatte er vertraulich zugenickt. Jetzt aber war er für beides zu dick und faul geworden. Die Hände in den Hosentaschen, stand er da und starrte den Vorübergehenden ins Gesicht.

Zuweilen kam es vor, daß Fremde, die Hilfe brauchten, etwas betreten und zögernd den Dickkopf zu einem Dienstmannsgeschäft beanspruchten; die wies er dann mit einer kurzen Handbewegung über die Straße hinüber, wo andere Dienstmänner standen. Er selbst befaßte sich nur mit feiner Arbeit. Die bestand im Augenzwinkern und ein paar halblauten Worten. Es waren junge Frauenzimmer, parfümierte Damen in elegantem Putz, und solche im fahrigen Aufzug der stellenlosen Kellnerin, mit denen er, während sie vorbeihuschten, das Augenzwinkern und die halblauten Worte tauschte. Nicht die saubersten Geschäfte mochten es sein, von denen sich der Dickkopf täglich nährte und häufig betrank. Aber er hatte auch seine Verdienste um die bürgerliche Gesellschaft. Zu den Leuten, denen er zublinzelte und die ihm Fragen zuraunten, gehörten auch die Geheimpolizisten der Stadt. So konnte man nicht wissen, ob es der sittlichen Ordnung zuleid oder zulieb sei, wenn er mit einem Male aus der faulen Ruhe aufbrach, seinen Platz verließ und wie ein Mann, der weiß, was er will, irgendeine Straße hinausschob. Dann faßten die Kindermädchen ihre Pflegebefohlenen um die Handknöchel und stiegen mit ihnen vom Bürgersteig hinunter; die Kleinen aber sagten: »Der Dickkopf kommt.«

Dieser Dickkopf war es, auf den sonderbar genug im Konfirmandenunterricht die Rede kam. Der Pfarrer sprach von der Entheiligung des Sonntags. Seine Knaben waren fast lauter Armeleutekinder, aufgewachsen in den Gassen der Altstadt, ausgestattet mit einem Schatz von Anschauungen, um den sie keine Mutter aus dem Villenviertel beneidet hätte, der aber die Jungen nicht daran hinderte, so fröhlich und harmlos wie möglich in die Welt zu schauen. Deshalb fand der junge Geistliche Verständnis, als er bei seinen Erläuterungen in die Wirklichkeit griff. Aber freilich die Stimmung, die die Beispiele erzeugten, war eine ganz andere als seine eigene. Eine stille Heiterkeit verbreitete sich über die Gesichter der Knaben. Nicht als ob sie Allotria getrieben oder gelacht hätten, sie waren ganz bei der Sache; aber die Bilder, die an ihren Augen vorübergingen, belustigten sie, und es stellten sich aus ihrem Schatze andere ein von ähnlicher Art, Vorgänge der Gasse, der Stiegen und Hinterhöfe, und die Knaben machten gerade solche Augen, wie sie sie zu machen pflegten, wenn sie in Neugier und Spannung zuschauten, welchen Verlauf diese Vorgänge in der Wirklichkeit nahmen.

Am fröhlichsten sah das Peterlein aus seinen Augen. Das war ein kurzer, stämmiger Junge, weiß und rot im Gesicht, mit gelben, glatten Haaren und goldbraunen Sternen. Der brachte die Lippen gar nimmer zusammen; es kam ihm ein Lächeln über das andere. Die weißen Zähne blitzten, und die Augen strahlten den Lehrer an in schwelgender Wonne.

Das Peterlein war überhaupt eine lustige Haut, so kalt ihm der Wind durch die dünnen Hosen pfiff. Der Pfarrer hatte diese lichtbraunen Augen, aus denen das ganze Herz lachte, liebgewonnen, seitdem er einmal zwei große Tränen darin erschaut hatte; die waren hineingekommen, als der Pfarrer seinen Schülern aus »Onkel Toms Hütte« vorlas, wie die Mulattin Elisa, von den Sklavenjägern gehetzt, ihr Kind auf blutenden Füßen über die Eisblöcke des Ohio trug und drüben am rettenden Ufer niedersank – so weit war er gekommen –, da stieg ein tiefer Seufzer aus Peterleins Brust, und als der Vorleser innehielt und ausschaute, da sah er große Tränen in Peterleins Augen glänzen. Seitdem ruhte sein Blick gerne auf Peterleins sonnigem Angesicht, und ohne dessen bewußt zu werden, las er die Wirkung seiner Worte von ihm ab.

So tat er auch heute.

Als er sah, wie Peterleins Augen in Fröhlichkeit schwammen und sein Köpfchen sich neigte unter dem Übermaß des Behagens wie ein Blumenkelch unter dem Tau, da hielt der Pfarrer inne und wollte gerade abbrechen. Aber schon meldeten sich drei, vier Finger. Die Konfirmanden wollten nun ihrerseits, wie sie es gewohnt waren, etwas zur Unterhaltung beitragen.

Der erste, der aufgerufen wurde, deutete auf einen Mitschüler in der hintersten Bank und erzählte:

»Am letzten Sonntag ist dem Wolf sein Vater vom Wolf seiner Mutter aus dem Schottenhof geholt worden. Dort hat's Freibier gegeben. Dem Wolf sein Vater hat nimmer laufen kön–«

»Schweig und schäm' dich!« fuhr der Pfarrer den Jungen an.

Die Kinder wandten sich alle um und schauten nach dem Sprößling des würdigen Vaters. Der arme Kerl saß in blutroter Verlegenheit und starrte die Bank an. Das Peterlein aber machte flink wie der Blitz dem häßlichen Angeber eine Faust. Der Pfarrer ergriff die Hand am Knöchel, drückte sie leise auf das Brett und sagte: »Es war nicht bös gemeint; aber ihr wisset doch, daß ihr nichts übereinander und über eure Eltern hier in der Stunde sagen dürft. Wir wollen jetzt über was anderes reden. – Du, was willst du denn?«

Das Büblein eines Studentendieners stand auf und sagte: »Ich weiß noch was. Der Dickkopf –«

Ein schallendes Gelächter erfüllte die Stube.

»Da ist doch nichts zu lachen!« schalt der Pfarrer. »Was ist mit dem Dickkopf?«

»Der Dickkopf hat letzt beim Kommers unserer Herren fünfundzwanzig Liter Bier getrunken.«

»Wie kommt denn der Dickkopf auf den Kommers eurer Herren?«

»Er war Vizefax; er hat meinem Vater beim Schenken geholfen.«

»Der Dickkopf kann viel vertragen,« meinte ein Junge.

Ein neuer Sturm der Heiterkeit brach los.

»Still!« rief der Pfarrer, »Wie könnt ihr über so etwas Abscheuliches lachen! Mitleid solltet ihr haben mit dem armen Menschen. Der Dickkopf hat auch eine unsterbliche Seele.«

Überraschend war die Wirkung dieser Worte. Eine Weile war es still; dann aber brach das Peterlein in ein unbändiges Gelächter aus. Die anderen lachten mit, aber hörten bald wieder auf, denn sie wußten keinen Grund. Dem Peterlein aber erschien die Vorstellung von der unsterblichen Seele des Dickkopfs so komisch, daß er aus tiefstem Herzen lachen mußte. Der ganze Mensch war erschüttert. Hilflos schaute er den Lehrer an mit Augen, die ihn um Vergebung baten, und mühsam brachte er heraus: »Ich ... muß ... halt ... so arg ... lachen!«

»Das seh' ich,« sagte der Pfarrer, und in diesem Augenblick bemerkte er zum ersten Male, wie fein und schier geistreich die Lippen des Knaben geformt waren.

»Genug jetzt!« sagte er und strich dem Jungen, dessen Vater an den Pranger gestellt worden war, über den glattgeschorenen Schädel; dabei sah er aber das Peterlein an, dessen Augen auf einmal mit großem Blick wie ins Unendliche hinausschauten.

»Genug jetzt, Kinder! Singt mir noch ein Weihnachtslied!«

Die Knaben schnellten von ihren Sitzen. Nur das Peterlein erhob sich langsam. Er atmete aus der Tiefe, wie Kinder tun, wenn ein Gedanke sie bedrängt; dann schlug er sein Gesangbuch auf.

»Ich möchte wissen, was in seiner Seele vorgeht,« sagte der Geistliche zu sich, als er nach Hause ging. Dabei dachte er aber nicht an die unsterbliche Seele des Dickkopfs, sondern nur an das Peterlein.

Als das Peterlein von der Konfirmandenstunde nach Hause ging, begegnete ihm der Dickkopf. Den Schädel vorgestreckt gleich einem Mauerbrecher und mit den weitabstehenden Armen schlegelnd, schob er die Gasse herab. Das Peterlein ging ihm langsam entgegen und schaute ihn mit seinen großen, freundlichen Augen an. »Guten Tag, Dickkopf!« rief es ihm zu, als es ihm auswich.

Der Dickkopf sagte etwas, das klang wie rm!, blieb stehen und wandte sich um. Da lachten ihm Peterleins Augen entgegen voll goldigen Sonnenscheins, und das Apfelgesichtchen nickte ihm freundlich zu. Dem Dickkopf war so etwas noch nie begegnet. Er wußte nicht, was das bedeuten sollte. Wäre sein Kopf nicht zu dick gewesen, hätte er ihn geschüttelt. So aber begnügte er sich, noch einmal zu brummen, wandte sich um und ging seines Weges.

Seit dieser Begegnung war zwischen dem Dickkopf und dem Peterlein ein Gespinst angefangen, und jeder zog einen neuen zarten Faden dazu.

Der Dickkopf stand auf seinem Platz, und wenn die Schulzeit kam, beehrte er die Hauptstraße mit seinem Rücken und schaute die Gasse hinab, von der das Peterlein herkam; war die Schulzeit um, so streckte er sich und schaute die Hauptstraße entlang, bis er Peterleins blaue

Jacke entdeckt hatte. Das Peterlein lachte ihn schon von weitem an, der Dickkopf aber grinste über sein dickes Gesicht und nickte dem Peterlein freundschaftlicher zu, als er je einem Prorektor früher getan hätte. Und als ihm gar einmal das Peterlein am Fuße eines hohen Treppenhauses ein Briefchen aus der Hand genommen und gesagt hatte: »Ich will dir's schnell hinauftragen, Dickkopf, o ich weiß, an Fräulein Loni vom Varieté« – da faßte der Dickkopf einen großen Entschluß; und als er am Tage vor dem Fest in der besten Konditorei der Stadt seine Aufträge als Kommissionär besorgt hatte, fügte er mit besonderer Eindringlichkeit eine Privatbestellung hinzu.

Es war die letzte Rüstzeit des heiligen Abends. Schon wurden hier und dort, wo die Kinder noch klein waren und früh zu Bett sollten, die Lichter des Christbaums angezündet, und wo der Kerzenglanz noch säumte, da lauschte er hinter den Gardinen, bis alles für ihn bereitet sei.

In den Lebensmittelläden war ein hastiges Wesen. In einsilbiger Eilfertigkeit machten die Verkäufer ihre Sache ab, und die Kunden waren so ungeduldig wie die törichten Jungfrauen beim Ölkrämer. So verkrochen sich die letzten Zipfel des Werktages; sie konnten's kaum hurtig genug, denn sie schämten sich vor dem aufsteigenden Schimmer der heiligen Nacht.

In dem Wurstladen auf dem Georgenplatz hielt der Werktag am längsten aus, und das Peterlein mußte ihm dabei helfen. Es saß auf einem Bänkchen an dem großen Ladenfenster, hatte seine ernsthafte Amtsmiene aufgesetzt, und seine Augen folgten aufmerksam den Gebärden der Verkäuferin. In seinem Arm lehnte eine Stange mit eisernem Haken, und kaum hatte die Verkäuferin mit sanftem

Augenaufschlag »Schwartenmagen!« oder »Schinkenwurst!« gesagt, so hatte das Peterlein das Verlangte von der Decke heruntergeholt und den dicken Wulst auf den Marmortisch gelegt.

Endlich war die letzte Köchin draußen. »Gottlob!« sagte die Verkäuferin und ließ den Rolladen herunterschnurren.

»Komm, Peterlein, jetzt sollst du dein Christkindchen haben.«

Sie führte den Knaben in das Nebenzimmer. Ein Weihnachtsbäumchen stand auf dem Tisch. Das Mädchen zündete einige Lichtchen an und sagte: »Hier die zehn Mark und das Zuckerbrot sind von der Herrschaft; die Strümpfe habe ich dir gestrickt. So, jetzt nimm alles zusammen und geh flugs heim. Aber halt, den Schinken hast du noch zu besorgen zu Professor Persius in der Gartenstraße. Laß dir ihn gleich von der Köchin bezahlen!«

Das Peterlein bedankte sich schön und steckte seine Gaben in die Taschen. Aber alsbald packte es die Strümpfe und das Zuckerbrot wieder aus und sagte: »Ich will lieber später meine Sachen holen, ich kann sonst nicht so schnell laufen. Können Sie mir nicht statt des Goldstücks zwei Fünfmarktaler geben?«

Das Mädchen ging in den Laden hinaus und suchte in der Kasse, während das Peterlein die Strümpfe und das Zuckerbrot in einen Pack zusammenschnürte.

»Hier sind zwei funkelnagelneue!« sagte das Mädchen und legte die Silberstücke auf den Tisch. Das Peterlein dankte, steckte die Münzen in die Tasche, nahm den Schinken unter den Arm und griff nach seiner Mütze. Aber unter der Türe wandte es sich um und sagte: »Fräulein Anna, darf ich den Weihnachtsbaum mitnehmen?«

»Den Weihnachtsbaum? Den hat unser Fräulein für das ganze Personal gebracht. Aber die andern werden ihn nicht vermissen. Du bist der Jüngste. Nimm ihn nur und trag ihn heim, ich will's verantworten. Aber besorg' mir den Schinken heute noch!«

»Vielen schönen Dank und vergnügte Feiertage!« sagte das Peterlein und gab dem Mädchen die Hand. Dann legte er sein Päcklein in den Fensterwinkel. »Morgen hol' ich's!« Und er nahm den Schinken unter den Arm, setzte die Mütze auf und ergriff das Bäumchen mit beiden Händen unten am Stamm. Die Verkäuferin öffnete die Tür. »Gute Nacht!« »Gute Nacht!«

Langsam und vorsichtig ging das Peterlein die nächste Gasse hinab. Bei jedem Schritt schlugen die Glasglöckchen an und klirrten leise. Es war finster zwischen den hohen Mauern, denn diese hatten keine Fenster, und die einzige Gaslaterne brannte unten am Ausgange der Gasse. Wer oben stand und hinunterschaute, sah nichts, aber hörte, wie die geheimnisvollen Stimmlein des Weihnachtsbaumes die Gasse hinunterschwebten. Jetzt hörte das Klirren auf, denn das Peterlein war stehen geblieben: der Schinken wollte ihm hinunterrutschen. Das Peterlein bückte sich, stellte das Bäumchen auf den Boden und schob den Schinken in die Achselhöhle hinauf. Dann ergriff es das Bäumchen wieder mit beiden Händen und ging sachte, sachte weiter.

Der Dickkopf wohnte zum Glück ganz nahe. Er hauste in der Gerbergasse. Die hatte keine Hausnummer: rechts war sie von einer Fabrikmauer begrenzt, links von den Hinterhöfen und Lohkammern einer weitläufigen Gerberei. In einem der Speicher, zu denen die Höfe führten, wohnte der Dickkopf.

Der Knabe hielt vor dem Hoftorpförtchen. Es stand auf.

Der Kettenhund knurrte, aber die Kinderschritte mochten ihn beruhigt haben: er legte sich wieder in seine Hütte.

Mitten über dem Hof hing eine düster brennende Laterne. Ihr Schein beleuchtete eine schmale steinerne Treppe, die zu dem gegenüberliegenden Gebäude führte.

Das Peterlein stieg langsam die Stufen hinauf und stand vor einer schwarzen Wand. Es stellte den Weihnachtsbaum neben sich vor die Schwelle und suchte mit den Händen in der Höhe. Jetzt hatte es die Klinke gefunden. Auch diese Tür war unverschlossen. Das Peterlein drückte sie auf, dann nahm es sein Bäumchen und trat in den Flur. Dicht neben der Tür hockte es sich auf den Boden und ließ den Schinken, der schön in blaues Packpapier eingewickelt war, in den Winkel gleiten; dann richtete es sich auf und ging rascher den dämmerigen Gang hin.

Am Ende des Ganges hing eine Ampel an der Wand. Dort ging's um die Ecke. Das Licht erhellte eine hölzerne Stiege. Das Peterlein eilte hinauf, so rasch es konnte, und stand in einem weiten Speicherraum. Zur rechten Hand waren einige unter das Dach gezimmerte Kammern, und eine an der Wand hängende Sturmlaterne lud ein, dorthin zu gehen. Das Peterlein schlich jetzt auf den Zehen. Vor der Tür, neben der die Laterne hing, blieb es stehen und las auf einer rosenroten Visitenkarte:

Dickkopf
KOMMISSIONÄR

Das Peterlein lächelte vergnügt, ging mit seinem Bäumchen hinter einen Kamin, wo Schutz vor dem Luftzug war, stellte das Bäumchen auf den Boden, in die Nähe von einem Haufen zerbröckeltem Lohkäse, holte ein Feuerzeug aus der Tasche und zündete die Lichtchen an.

Der Dickkopf saß in seinem Zimmer und war in eine schriftliche Arbeit vertieft. Er saß auf einem blaugeblümten Sofa vor einem kleinen hölzernen Tisch. Vor ihm lag ein Bogen Briefpapier. Links oben, über den Worten »Geehrtes Fräulein Edith!« war eine rote Marke für die Antwort aufgeklebt. Er tauchte gerade gewichtig die Feder in das enghalsige Tintenfläschchen, um hinter das letzte Wort, das er geschrieben hatte, ein paar Ziffern zu malen; da öffnete sich leise die Tür und das Peterlein kam herein, auf den Zehen, barhäuptig, lächelnden Angesichts. Es winkte seinem Freunde Stillschweigen zu, ging leise auf den Tisch los, ergriff die Lampe, wie wenn es so sein müsse, und trug sie, ohne ein Wort zu sagen, mir nichts dir nichts zur Stube hinaus.

Auch der Dickkopf hatte kein Wort gesagt, so erstaunt und erschrocken war er. Er ließ den Federhalter in dem Tintenfläschchen stecken und strich sich mit der linken Hand über die Stirn. Da tat sich die Tür weit auf und das Peterlein kam noch einmal herein und hielt den brennenden Weihnachtsbaum in beiden Händen. Langsam und feierlich schritt es vor. In der Mitte der Stube blieb es stehen, hielt den Weihnachtsbaum zur Seite, so daß sein Köpfchen frei war, schaute dem Dickkopf mit seinen Augen ins Gesicht und rief mit glockenheller Stimme:

»Fürchte dich nicht, Dickkopf, siehe, ich verkündige dir große Freude, die allem Volk widerfahren wird; denn dir ist heute der Heiland geboren, Dickkopf, welcher ist Christus, der Herr, in der Stadt Davids!«

Hierauf trat das Peterlein an den Tisch und stellte das Bäumchen darauf, griff in die Tasche und legte das Fünfmarkstück davor. Es prüfte mit den Augen, ob der Baum gerade stünde. Dann schaute es noch einmal den Dickkopf lächelnd an, neigte sein Köpfchen, wandte sich langsam um und ging leise, wie es gekommen war, zur Tür hinaus.

Der Dickkopf stützte sein schweres Haupt zwischen die Hände und schaute in die Lichter seines Weihnachtsbaumes hinein. Er schaute das blanke Geldstück an und drehte es im Kreise herum. Es wurde ihm heiß und wunderlich zumute, und es ist nicht sicher, ob die schweren Tropfen, die auf das Fünfmarkstück niederfielen, von der Stirn oder anderswoher kamen. Mit schiefen Augen schaute er den Brief an, an dem er geschrieben hatte, und machte dabei ein Gesicht, wie er zu tun pflegte, wenn ihm das Bier nicht schmeckte. Er schob ihn zur Seite. Dann legte er beide Arme auf den Tisch und seinen dicken Kopf darauf; die Herzbewegung hatte ihm Schlaf gemacht.

Als das Peterlein den Schinken an seinen Ort getragen hatte, sprang es leichtfüßig und lustig seinem Hause zu. Ach, wie freute es sich auf seinen Weihnachtsbaum! Oben an der Gerbergasse dachte es: »Will doch schauen, ob seiner noch brennt!«

Es lief die Gasse hinunter, öffnete das Hoftor und schaute zum Fenster hinaus. Ja, der Weihnachtsbaum brannte noch.

Aber was ist das dort? Der unheimlich flackernde Lichtschein?

Das Peterlein wollte schreien, aber die Kehle war ihm zugeschnürt. Einen Augenblick stand es starr. Dann flog es wie der Wind an dem heulenden Kettenhund vorbei die steinerne Treppe hinauf. Die Tür war offen. Das Peterlein stürzte hinein. Ein heftiger Luftzug kam ihm entgegen und klirrend fiel die Tür hinter ihm ins Schloß.

Vom Boden herunter den Gang her wirbelte schwarzer Rauch. Das Peterlein flog die Stiege hinauf. Durch den Speicher sauste der Wind und jagte die Flammen auf den Dielen hin und drückte sie an die Bretterwand; sie quollen aus dem Winkel, wo das Peterlein vorhin den Weihnachtsbaum angezündet hatte.

Das Peterlein stürzte in die Kammer. Die war schon voller Rauch, und die Lichte des Weihnachtsbaumes brannten trübrot. Der Dickkopf aber hatte den Kopf auf die Arme gelegt und schlief.

Ach, wenn der Dickkopf schlief, dann gab's ein Stück!

»Dickkopf!« rief das Peterlein und rüttelte den Mann. Aber der schlief und schlief.

»Dickkopf, lieber Dickkopf, so wach' doch auf!« jammerte der Knabe und versuchte es, das schwere Haupt in die Höhe zu heben.

Da, endlich schlug der Dickkopf die Augen auf. Aber im nächsten Augenblick sah er sich entsetzt um. Die Stube war voller Rauch, und draußen auf dem Speicher schwirrte die Flamme.

Er sprang von seinem Sitz und eilte mit Peterlein zur Tür hinaus. Ein großer Teil des Speichers war voller Feuer, doch war der Weg zur Stiege noch frei. Hand in Hand sprangen sie darauf zu. Aber unterwegs fiel dem Dickkopf sein Fünfmarkstück ein.

»Lauf!« keuchte er; »ich habe etwas vergessen.«

»Ich bleibe bei dir!«

»Nein! Spring! Ich komme gleich nach.«

Der Dickkopf eilte ins Zimmer zurück. Die Tür ließ er hinter sich offen stehen. Er suchte auf dem Tisch, auf dem Boden; der Feuerschein vom Speicher hier leuchtete ihm dabei. Endlich im Fensterwinkel fand er sein Weihnachtsgeschenk. Er eilte hinaus und sah, daß das Feuer bis an die Stiege gelaufen war, auch von unten leckten schon die Flämmchen herauf. Das Peterlein mußte längst im Freien sein. So eilte der Dickkopf einer andern Stiege zu, die in den großen Vorderhof mündete.

Das Peterlein aber stand unten hinter der Tür, durch die es gekommen war. Die Tür war in der Falle, und sie hatte keine Klinke.

Ach, wohl besaß sie eine Klinke, aber die war aus dem Schloß gefallen, als der Wind die Tür hinter dem Peterlein zugeschlagen hatte, und jetzt lag sie unten auf dem Boden dicht neben dem Türbrett. Das Peterlein in seiner Todesangst dachte nicht daran, daß die Klinke unten liegen könne; es dachte überhaupt nichts. Mit zitternden Händen griff es und griff es; ja, hier war das Loch, hier war der eiserne Stift, es konnte ihn fassen mit den Fingerspitzen, aber öffnen konnte es nicht. Da lief das arme Kind den raucherfüllten Gang zurück, die Stiege hinauf über die züngelnden Flammen hinweg in den schauerlich erleuchteten Speicher hinein, und »Dickkopf! Dickkopf!« rief es jammernd in den qualmenden Rauch und in das tobende Feuer.

»Unkraut verdirbt nicht, der Dickkopf ist da,« sagten draußen die Löschenden zueinander. »Es wohnt kein anderer Mensch drinnen. Lasset den alten Kasten verbrennen!«

Und sie richteten die Schläuche auf die umliegenden Gebäude.

»Dort ist jemand!« rief plötzlich eine helle Kinderstimme. »Oben am Fenster.«

Hundert Augen richteten sich in die Höhe. Es war nichts zu sehen als der flackernde Schein.

»Ein Mensch!« schrie ein Feuerwehrmann.

Jetzt hatten es die hundert Augen gesehen. »Es ist ein Knabe, er ist am Fenster vorbeigelaufen.«

»Das Peterlein ist's!« rief eine Kinderstimme.

Es wurde todesstill unter den Männern, aber nur für einen Augenblick: dann gellten die Signale, und die Wasserstrahlen zielten nach jener Stelle hin.

Die auflodernden Flammten spotteten des ohnmächtigen Taus. Man legte eine Leiter an, aber das durchglühte Gebälk zerbrach unter ihrer Last. Zwei todesmutige Männer stürzten nach der einzigen noch zugänglichen Tür, aber als sie sie aufgestoßen hatten, trieb sie die Gewalt des Qualmes zurück.

»Es darf kein Mensch hinein,« rief der befehlende Beamte. »Rettung ist unmöglich. Kein weiteres Leben darf gefährdet werden!«

Da schob sich eine dicke Gestalt durch die Menge. Wer nicht auswich, wurde sanft, aber nachdrücklich auf die Seite gestellt. Gerade auf die Treppe steuerte sie zu, den dicken Kopf vorausgestreckt gleich einem Sturmbock und mit den Armen segelnd, gerade so, wie sie durch die Hauptstraße zu schnauben pflegte.

»Haltet ihn zurück!«

Aber der Dickkopf schleuderte den Schutzmann, der ihm den Weg abgelaufen hatte, die Treppe hinunter, und ging wie einer, der's eilig hat, durch die glührote Luft auf die qualmende Pforte zu – und zur Pforte hinein.

»Peterlein!«

»Dickkopf!«

Und er hielt den Knaben in den Armen, hob ihn an die Brust, das Kind schlang die Arme um seinen Hals und barg das Gesicht an seiner Schulter. Der Rauch wirbelte heran, den Mann zu erwürgen. Aber das Herz, das an seinem Herzen klopfte, gab ihm Kraft. Er raffte sich auf und schritt mit seiner Last über die heißen Balken an den düster glühenden Wänden hin durch die qualmende Nacht. Ein Funkengesprüh schnitt ihm den Rückweg ab. So wankte er dem Winkel zu, wo eine an die Mauer geschmiedete Leiter in die Häutekammer hinabführte.

Draußen hörte man nichts als das Knarren der Spritzen und halblaute Kommandoworte. Sekunde um Sekunde verging. Aller Augen schauten nach der Pforte, durch die der Dickkopf verschwunden war; es qualmte und qualmte aus ihr, und jetzt schlug die erste schlanke Lohe heraus.

»Sie sind verloren«, sagte der Oberbürgermeister zum Polizeiamtmann.

Da rief die Kinderstimme von vorhin: »Dort steht er!«

»Wo? Wo?«

»Dort unten, hinter dem vergitterten Fenster.«

»Wasser! Wasser!« schrie eine heisere Stimme aus dem Haufen. »Zielt über das Fenster, der Strahl wirft ihm sonst um!«

»Er hat das Kind im Arm! Das Fenster ist vergittert! Eine Eisenstange her! Sie können nicht heraus! Stoßt den Krems hinein! Um Gottes willen, schnell!«

Dann wurde es wieder still auf dem weiten Platz. Und jetzt hörte man die dumpfen Stöße, die Rettung bringen sollten. Aber nach dem dritten warf der Grobschmied heulend das Rammeisen weg, das noch eine Weile in der Lache auf dem Boden rauchte.

»Mehr Wasser! Sonst kann kein Mensch arbeiten!!«

Ein zweiter war herangesprungen und schwang einen triefenden Balken und stieß ihn gegen das Gitter. Aber obgleich ihn der Sprühregen überschüttete, der von der Mauer zurückprallte, jagte ihn die fürchterliche Hitze weg.

Der Krems hielt noch. Ein dritter von den todesverachtenden Männern sprang herzu über den brennenden Balken hinweg und holte aus zum Stoß.

»Halt!« rief eine helle Stimme. »Nicht stoßen!«

Der Mann warf das Eisen weg und sprang dicht an das Fenster. Da sah man, wie der Dickkopf mit seinen aufflammenden Händen das Gitter aus den Steinen riß. Der Mann draußen griff mit seinen Armen zum Fenster hinein. Da brannte sein Wams. Der Wasserstrahl wurde auf den Retter gerichtet und warf ihn zu Boden. Ein anderer sprang ans Fenster. Hinter dem Fenster, von Flammen umwogt, stand der Dickkopf. Er sah in der Rindshaut, die er um sich geschlagen hatte, noch unförmlicher aus als sonst.

Er ist nimmer da. Er ist zu Boden gestürzt. Jetzt ist er wieder aufgestanden. Er hält das in ein Fell geschlagene Kind in den Händen und schiebt es behutsam aus der Luke, so wie der Postschaffner ein lang geratenes Paket zum Schalter hinausschiebt.

Nicht nur zwei – vier, sechs Hände nehmen's in Empfang. Zwei Männer tragen's durch die Menge, in der sich still eilte Gasse bildet.

»Das Peterlein lebt!« ruft jemand. »Der Arzt sagt, es komme davon!« schallt es aus einem Schuppen hierüber, in den man das Kind getragen hatte. Ein Jubelschrei erfüllt die Luft.

Wie es verhallt, ruft die Kinderstimme: »Der Dickkopf!«

Alle schauen nach dem Fenster, aus dem sich leuchtender Qualm drängt.

Vorhin hatte er seinen Kopf und die Arme herausgestreckt, ein irregegangener Wasserstrahl hat ihn zurückgeworfen. Mehrere behaupten, jeder sagt's dem andern nach, keiner hat's gesehen. Der Raum hinter dem Fenster ist mit blendendem Rauch erfüllt. Jetzt schlägt eine Flamme vom Boden in die Höhe und leckt zum Fenster heraus, aber sie zieht ihre Zunge gleich wieder zurück, denn draußen gibt es nichts zu fressen.

Als der Tag graute, war die Gerberei niedergebrannt bis auf das wenige Gemäuer.

Das Peterlein war in das Krankenhaus verbracht worden. Es lag in einem weißen Bett, über und über verbunden. Von dem Gesicht sah man nur die Nasenspitze und die Augen.

Soeben hatte der Arzt den Verband erneuert. Er stand in der Fensternische und sagte zur Oberschwester: »Es tut ihm nichts. Das Rindsfell hat ihn wunderbar geschützt.« Da kam ein Aufwärter in den Saal herein und brachte eine große runde Holzschachtel.

Die hat soeben ein Konditorsjunge für das Peterlein abgegeben. Er hätte sie ihm schon gestern abend bringen sollen, aber über dem Brand sei's vergessen worden. Er habe gehört, daß das Peterlein in das Krankenhaus gebracht worden sei, drum habe er die Schachtel gleich hierhergetragen.

So berichtete der Aufwärter der Diakonissin, die der Tür zunächst gewesen und darum herzugeeilt war.

Peterleins Pflegerin, die die Botschaft nur halb vernommen hatte, nahm der Schwester die Schachtel aus der Hand, legte sie auf das Bett des Knaben und hob den Deckel weg.

»Gib acht, gib acht,« sagte sie, »die schickt dir wohl

der Oberbürgermeister. Er hat vorhin fragen lassen, wie's dir gehe.«

Der Knabe hob den Kopf ein wenig und schaute mit lächelnden Augen hin. Aber nach dem ersten Blick stieß er einen Schrei aus, so jammervoll, daß der junge Arzt erschrocken herbeieilte.

In fettem Zuckerguß trug die Prinzregententorte die Aufschrift:

Der Stern zu Bethlehem

Von Hermine Villinger

Es war ein düsterer Novembermorgen. Die Uhr der protestantischen Kirche auf dem Marktplatze hatte eben fünf geschlagen. Ein Schutzmann, der die Kriegstraße passierte, sah einen schwarzen Packen unter einem der Bäume liegen. Es war ein fest schlafendes Kind. Der Mann rüttelte und schüttelte das magere, im höchsten Grade verkommen aussehende Bürschlein wohl eine ganze Weile. Endlich – einen durchdringenden Schrei ausstoßend – fuhr der Kleine in die Höhe. Er wollte sich freimachen. Er riß und zerrte, sein Jammern war herzzerreißend.

»Aber es geschieht dir ja nichts«, sagte der Schutzmann, »soll für dich gesorgt werden. Sei nur ruhig, sei nur ruhig ...«

Gleich beim ersten Wort hatte das noch eben tief geängstigte Kind freudig aufgehorcht, des Mannes Hand ergriffen und sich wie hilfesuchend an ihn hingedrängt.

»Bist wohl hungrig?« fragte er.

»Ja, ja.« Die Stimme klang ganz hell. Keine Spur von Angst mehr.

»Wie alt bist, Kleiner?«

»Zehn Jahr.«

»Wo kommst her?«

Schweigen.

»Wer sind deine Eltern?« –

Abermaliges Schweigen. Sie waren eine Weile gegangen und hielten nun vor einem großen Hause, das hoch über all die geringen Häuslein des »Dörfle«, wie man diesen Stadtteil nennt, hinausragte. Der Schutzmann läutete, und sie traten ein.

Eine Schwester kam ihnen entgegen, jung, in einer weißen Haube. Ohne daß mehr als die nötigen Worte zwischen ihr und dem Schutzmann gewechselt wurden, nahm sie den Kleinen bei der Hand und führte ihn ein paar Treppen hinauf, durch eine Menge dunkler Gänge und Gelasse. In einem kleinen Raume machte sie halt und zündete das Gas an. Jetzt erst betrachtete sie ihren Schützling.

»Lieber Gott,« rief sie bei seinem Anblick aus, »lieber Gott ...«

Sie zog einen Schemel herbei: »Da setz' dich her!«

Dann zündete sie den Gasofen an, denn sie befanden sich im Badezimmer, lief rasch davon und kehrte schon nach wenigen Minuten mit einer Tasse Milch zurück und einem Stück Brot.

Der Junge, der zart und klein für sein Alter war, ließ den Blick nicht von der hübschen, rotbackigen Schwester, die kam und ging, alles mögliche herbeischleppte und ihm von Zeit zu Zeit freundlich zunickte.

Sie hatte ein großes Tuch vor ihm ausgebreitet. Kaum, daß er sich's versah, war er seiner schmutzigen, zerfetzten Kleider entledigt und lag in der wohlig warmen Badewanne.

Er lachte, er hatte so etwas nie erlebt. Nun kam die

Schwester mit der Bürste und seifte ihn von Kopf bis zu den Füßen ein.

Plötzlich ließ sie ihn in Ruhe. Er streckte die Glieder, suchte eine Stütze für den Kopf. Ihm war zum Einschlafen wohl. Aber schon im nächsten Augenblick lag er in einem warmen Tuch auf dem Tische, wurde abgerieben und davongetragen. Er kam aus dem Verwundern nicht heraus. In ein warmes Bett wurde er gesteckt, fühlte weiße, unendliche Sauberkeit um sich her, sah wie aus weiter Ferne das rosige, lachende Gesicht der Schwester, die ihm zunickte, und schlief ein.

Erst gegen Mittag erwachte er. Vor seinem Bette stand Schwester Käthchen und die Oberschwester.

»Er hat nur Haut und Knochen,« hörte er seine Pflegerin sagen, »und ein blaues Mal am andern.«

»Gelt, dir gefällt's in deinem Bett?« wandte sie sich an den Kleinen. »Wie heißest du denn?«

Er besann sich einen Augenblick, dann meinte er schelmisch:

»Weiß nit –«

Die Frauen lachten.

Des Nachmittags nahm ihn Schwester Käthchen vor.

Sie saß neben einem Kinderwagen, in dem ein blondes und ein schwarzes Geschöpfchen einträchtig nebeneinander lagen.

»Wem gehören denn die?« fragte der neue Ankömmling, der nun ein sauberer kleiner Kerl war mit Augen, die wie Sterne glitzerten.

»Sie gehören niemand,« sagte Schwester Käthchen, »darum bleiben sie jetzt bei uns.«

»Ich gehör' auch niemand,« sagte der Kleine, »gelt, jetzt bleib' ich auch bei dir.«

»Aber du bist doch all die Zeit her mit jemand zusammen gewesen,« meinte Schwester Käthchen, »du läufst doch nicht allein in der Welt herum?«

Der Kleine besann sich, sah sich scheu um und sagte leise:

»Mit dem Scherenschleifer war ich.«

»Ist das dein Vater?«

Er schüttelte den Kopf.

»Die Mutter hat mich ihm verkauft für zehn Mark. Ich hab's g'sehen.«

Die Schwester strich ihm über das dunkle Haar.

»Wie lange bist du denn mit dem Scherenschleifer gewesen?«

»Weiß nit. Recht lang. Hab' müssen die Scheren einholen. Hab' viel mehr Schläg' als Essen kriegt. Aber bin ihm doch davong'laufen.

Er lachte laut auf vor Vergnügen.

»Wo ist denn deine Mutter?«

»Sag' ich nit. Die gibt mich wieder dem Scherenschleifer.«

»Hast du denn keinen Vater?«

»Doch, der ist auch da, und zwei Schwesterln. Aber der mag mich erst recht nit.«

»Geh, sag' mir, wie du heißest,« bat die Schwester.

»Weiß nit,« sagte er wieder.

»Also dann nenn' ich dich ›Weiß nit‹.«

Jetzt lachte er so herzlich, daß die beiden kleinen Kinder aus ihrem Hindämmern auffuhren und die Ärmchen nach der Schwester ausstreckten.

Sie hatte sie gleich beruhigt.

»Sag' mir wenigstens deinen Vornamen, gelt?«

»Fritzl,« flüsterte er.

Als der Abend kam, fehlten in der Kinderstube eine Menge Dinge. Schwester Käthchen vermißte ihr Portemonnaie, die Bürste an der Wand war weg, das Glas auf dem Tisch. Alles fand sich in Fritzls Bett vor, als die Schwester dieses für den Abend zurechtmachen wollte.

Der Kleine spielte im Gärtchen des Pfründnerhauses mit den anderen Kindern. Als er hieraufkam, standen ihm die Hosentaschen weit vom Körper ab. Die Schwester fand eine Mütze, ein paar Taschentücher, einen Wollknäuel.

»Das – und alles, was ich im Bett gefunden,« rief sie entsetzt aus, »Fritzl, du stiehlst ja!«

»Er hat mich halbtotgeschlagen, wenn ich nit g'stohlen hab',« gab ihr der Kleine zur Antwort.

»Weißt du denn nicht, daß man nicht stehlen darf?«

Er nickte schlau. »Der Polizeimann ist arg hinterher.«

»Fritzl« – die Schwester kauerte sich zu ihm hin, »sag' mir eins: warst du denn nicht in der Schul'?«

»Nein.«

»Hast gar nichts gelernt, nicht lesen und schreiben?«

»Nein,« wiederholte er, »aber sonst kann ich viel. Paß auf –«

Er stellte sich in die Mitte der Stube und verbeugte sich nach allen Seiten.

»Herrschaften,« begann er und fing an zu schwatzen, tolles Zeug, Räuber- und Mördergeschichten, alles ohne inneres Verständnis bunt durcheinander. Seine Redegewandtheit war außerordentlich, und seine Bewegungen waren so drollig, daß die Kinder nicht aus dem Lachen herauskamen.

Unermüdlich kramte der kleine Komödiant seine Geschichten aus.

Der Polizeiagent, der einmal zu solch einer Vorstellung

gekommen war, meinte, der Kleine müsse, seiner Betonung nach, aus Bayern sein. Indes alle Mühe, etwas aus dem Kinde herauszubringen, war umsonst.

Der Fritzl war schlau. Er gab auf die Fragen, die man an ihn stellte, immer die gleiche Antwort:

»Ich gehör' niemand, ich bleib' bei der Schwester Käthchen.«

Man schickte ihn mit den andern Kindern in die Schule. Bei den Sechsjährigen saß er, das freudigste Kind, das jemals auf der Schulbank saß. Ihm war das Lernen kein Muß, sondern eine Vergünstigung. Alles, was bei den andern Kindern etwas Selbstverständliches war, kam ihm wie etwas Wunderbares, nie Geahntes vor, bis auf das Zehnuhrbrot, das ihm Schwester Käthchen jeden Morgen zusteckte. Seine Augen glänzten in steter Verwunderung.

Es kam auch vor, daß er in der Nacht auffuhr und in ein verzweiflungsvolles Geschrei ausbrach.

Dann mußte Schwester Käthchen ihm die Hand geben und ihm so lange versichern, daß der Scherenschleifer weit und breit nicht zu sehen sei, bis er ruhig wurde.

Meistens schlief er gleich ein, zuweilen fing er an zu plaudern:

»Mit einem dicken Riemen hat er mich g'schlagen. Einmal hab' ich viele Tag' nichts g'sehn, weil's über die Augen ging. Da hat er mich Hund g'nannt und mir nichts zu essen geben. Aber jetzt hab' ich nie mehr Hunger. Jetzt tut mir's nirgends mehr weh. Und bald kann ich lesen und schreiben. Gelt, wenn ich das kann, Schwester Käthchen, da tu' ich aber einen Sprung –.«

Schwester Käthchen rückte ein wenig aus dem Licht der Nachtlampe, damit das Kind die Tränen nicht sah, die ihr in die Augen stiegen. Sie war nicht weich, das viele Elend um sie her hatte sie abgestumpft. Nur indem sie die Dinge leicht nahm, konnte sie ihr schweres Werk mit Fröhlichkeit vollbringen. Die Kinder drängten sich zu ihr wie zur Sonne, weil ihre Augen lachten. Wenn sie um diese armen Kleinen geweint hätten, wäre ihnen nicht damit gedient gewesen.

Aber dieser tapfere Fritzl, an dessen Körper kein heiler Fleck war, dessen Kindheit wohl im wahren Sinn des Wortes ein Martyrium gewesen, wenn der mit seinen leuchtenden großen Augen nun sein Glück pries und alles, was jedes Kind als etwas Selbstverständliches hinnahm, wie eine Gnade, wie etwas unermeßlich Schönes empfand und, ohne daß er das Wort Dank aussprach, mit jedem Atemzuge, mit jedem freudigen Aufleuchten dankte und immer wieder dankte, da überkam Schwester Käthchen etwas wie ein Gefühl der Empörung, der Anklage gegen die ganze Welt, die so etwas zuließ – die solch ungerechtes Kinderleid duldete.

Er war auch unartig, er stieß einmal den beiden Kleinen im Wägelchen die Köpfe so hart zusammen, daß sie brüllten. Schwester Käthichen gab ihm eine Ohrfeige.

Da sah er sie strahlend an. Er war ganz andere Schläge gewohnt; was von Schwester Käthchens Hand kam, dünkte ihm eine Liebkosung.

Sie mußte lachen über den Mißerfolg ihrer Strafe, sie zog ihn zu sich heran.

»Schau, Fritzl, du mußt recht lieb mit ihnen sein, es sind gar so arme Frätzle, die zwei.«

»Sei ruhig,« sagte er, »ich heirat' sie später.«

»Auch noch alle zwei,« lachte sie auf.

»Sonst blieb ja eins allein,« meinte er.

Weihnachten war in Sicht, und Schwester Käthchen saß in der großen Kinderstube zwischen ihren Schützlingen – Kinder, die nie Elternliebe gekannt hatten oder den Mißhandlungen ihrer Eltern entrissen worden waren.

Nun saßen oder lagen oder standen sie um Schwester Käthchen herum, die einen Haufen Kinderwäsche zum Ausbessern vor sich hatte und vom Christkind erzählte.

»Traurig war die Welt und dunkel. Ach, so dunkel und kalt. Kein Mensch war froh. Auch kein Tier. Es war ein so großes Frieren. Da hatte der liebe Gott Erbarmen. Er schickte das Christkind. Und das Christkind kam. Vom Himmel hoch kam's herab und zündete das Bäumlein an mit tausend lustigen Lichtern, daß es warm wurde auf der kalten Erde und hell und froh, daß alle Kinder jauchzten und schöne Lieder sangen und niemand mehr traurig war auf Erden.«

So sprach sie und noch vieles andere. Daß sie nun alle brav sein müßten und folgsam. Nicht mit leeren Händen dürften sie vor den Christbaum treten.

»Ich habe meine Suppe ausgegessen,« müßten sie zum Christkind sagen können. »Ich habe meine Schürze reingehalten.« »Ich war nicht gefräßig.«

Solche Dinge müßten sie dem Christkind bringen. Auch die heiligen drei Könige, die von weither dem Stern zu Bethlehem nachgezogen seien, hätten dem Christkind eine Menge schöner Sachen mitgebracht.

Die kleinen Mädchen saßen längst um die Perlenschachtel, um Kränzlein zu machen für den Weihnachtsbaum.

Der Fritzl aber wollte immer noch von den heiligen drei Königen erzählt haben.

»War er sehr groß, der Stern zu Bethlehem?« lauteten seine Fragen. »Ich hab' viele Stern' schon g'sehen. War er viel größer, viel schöner? Glaubst, daß er noch manchmal am Himmel steht, wenn auch die heiligen drei Könige jetzt tot sind? Gelt, sag' mir, wenn er am Himmel steht, und ich sollt' grad schlafen.«

Schwester Käthchen versprach, ihn zu wecken.

Da gab's ein großes Geschrei. Sie wollten alle geweckt sein. Wollten alle den Stern sehen.

Ach, so groß war die Seligkeit in der armen Kinderstube, so heiß die Erwartung – eine Erwartung und Sehnsucht, wie sie jene Hirten und Könige einstens empfanden, daß sie kamen von allen Seiten und nichts wollten und nichts begehrten als anzubeten, niederzusinken vor dem Heile der Welt, das endlich gekommen.

Aber so wie den Fritzl, so gewaltig ergriff die Erregung keins der Kinder. Er störte sie alle. Er wußte nicht, was anstellen vor mächtiger Freude. Er schwatzte den ganzen Tag.

Ihm hatte das Christkind noch nie einen Baum angesteckt. Ihm war das alles so neu, so wunderbar neu.

Eine Sehnsucht ergriff ihn, etwas zu geben, Schwester Käthchen eine Freude zu machen.

»Weißt, jetzt will ich dir's sagen, wo meine Mutter wohnt,« begann er, den Arm um den Hals der Schwester schlingend, »in München wohnt sie bei einer großen Wiese. Siehst, jetzt sag' ich dir alles. Und daß sie mich auf die Gass' gejagt, wie sie den Schwesterln einen Baum g'macht. Hab' die Lichter durchs Fenster g'sehn. Hast eine Freud' jetzt?«

Nein, sie hatte keine, sie hatte keine! Wie oft hatte sie ihn gefragt, gebeten, ja, ihm gedroht, er müsse ihr sagen, wo er zu Hause sei, wo seine Eltern wohnten. Immer wieder war nachgefragt worden, ob man nichts von ihm wisse, ob er noch immer nicht gesprochen. Und jetzt, gerade vor Weihnachten, hatte er's getan. Wenn sie es nun sagte, so würde man ihn am Ende holen und heimbringen zu jener

Mutter, die ihn auf die Gasse gejagt, während sie ihren andern Kindern einen Baum angesteckt.

Nein, nein, sie wollte sein Geheimnis nicht verraten. Er sollte seine Weihnacht noch haben, ehe er in die Heimat ausgeliefert wurde.

Sie schwieg. Sie war doppelt gut zu ihm.

Und endlich kam der heilige Abend, und Fritzl trat mit den Kindern vor den Baum mit den vielen Lichten und dem glänzenden Stern obenan.

»Da ist er ja, da ist er ja, der Stern,« schrie er ganz außer sich vor Freude.

Aber er wurde zurückgehalten. Die Kinder sangen mit den Schwestern, und die alten Pfründnerinnen sangen mit und vergaßen ein wenig ihre Gebrechlichkeit.

Der Fritzl aber konnte fast nicht stillhalten. All das Singen, all das Reden dauerte ihm viel zu lang. Er war der erste, der vor der Krippe mit dem Christkind stand.

Und siehe da, einen Haufen Sachen zwängte er aus seinen Taschen, lauter entwendetes Gut, und legte es stolz und glückselig vor das Christkind hin, rühmte sich noch damit, hielt die Kinderhäubchen, schmutzigen Taschentücher, Griffel, Bleistifte hoch, hoch – »Und das – und das – schau alles, das schenk' ich dir –«

Nein, es konnte keiner zanken. Man konnte nichts sagen vor Lachen.

Schwester Käthchen meinte entschuldigend: »Er hat mich ein wenig mißverstanden. Ich werd's ihm schon klarmachen,« und nahm ihn beim Kopf.

»Weißt, Fritzl, Gestohlenes darf man dem Christkind nicht bringen.«

»Aber sonst hab' ich ja nichts,« meinte er.

Die Tage vergingen und Schwester Käthchen hatte noch

immer nichts gesagt. Sie konnte es nicht übers Herz bringen.

Der Januar ist so kalt, kam sie mit sich überein, ich will noch ein wenig zuwarten.

Der Februar war auch noch kalt.

Jetzt wurde der Polizeiagent dringend.

Also dann sprach sie.

Und eines Morgens richtete sie ein kleines Bündel zusammen. Der Gendarm stand schon vor der Türe. Schnell befestigte sie eine Schnur mit einem Medaillon um den Hals ihres Lieblings, küßte ihn und schob ihn über die Schwelle. Sie zitterte, sie hielt die Türe fest zu. Im nächsten Augenblick hörte sie ihn schreien, markerschütternde Töne waren's.

Schwester Käthchen warf sich über ihr Bett und schluchzte und schwor und schwor: »Ich werd' kein Kind mehr lieben – ich werd' kein Kind mehr lieben –«

Aber es kamen neue Kleine und mit ihnen neues Elend. Sie hatte keine Zeit, ihrem Schmerz nachzuhängen. Die ihr anvertrauten Kinder verlangten ihre Gegenwart, verlangten stürmisch nach ihrer Heiterkeit.

Und so wurde sie wieder die alte. Sie vergaß ihn nicht, den Fritzl, aber sie hatte sich beruhigt, und bald vergingen Tage und Wochen, ohne daß sie seiner gedachte.

Als aber Weihnacht wieder vor der Türe stand, ging's ihr ganz seltsam. Sie wehrte sich, sie wollte nicht, aber der Fritzl ging ihr nicht aus dem Sinn. Eine große Unruhe erfaßte sie. Die Frage ließ sie nicht los: Wie wird es ihm gehen – wie wird es ihm gehen?

Wieder verfertigten die kleinen Mädchen Perlenkränzlein für den Weihnachtsbaum, und wieder erzählte die Schwester die alte und ewig neue Geschichte vom Christkindlein, das in die dunkle kalte Welt das Licht und die Freude gebracht.

Im Kinderwagen lagen zwei neue Geschöpfchen, und die

vom letzten Jahr krabbelten auf dem Boden herum. Schwester Käthchen sah sich unter ihren Schützlingen um, und es fuhr ihr durch den Sinn: So wie über den Fritzl hab' ich doch nie wieder über ein Kind lachen müssen. Wie wär's doch schad' um ihn, wenn er zugrund' gehen müßte.

Der Schnee schlug gegen die Fensterscheiben. Es war ganz still auf der Gasse, so tief und weich war die Decke über dem Erdboden.

»Wird sie ihn am End' auch wieder hinausschicken, wenn sie ihren andern Kindern beschert?« murmelte Schwester Käthchen vor sich hin.

Eine Magd erschien unter der Türe.

»Ein Bub' verlangt nach Ihnen, Schwester Käthchen. Er ist so schmutzig, daß ich ihn nicht reingelassen habe.«

Schon war sie draußen. Sie fragte nicht lange, wer das zitternde, weinende Geschöpf da in der Ecke war – sie nahm's in ihre Arme.

Eine Stunde später lag der Fritzl wieder in seinem alten saubern Bett mit noch größeren Augen als früher und einen Appetit, der nicht zu stillen war. Die Oberschwester kam, und alle Schwestern und Kinder umstanden sein Bett.

»Gelt aber, ich bin noch recht kommen,« nickte er ihnen zu, »hab' immer denkt, wenn ich nur zur heiligen Weihnacht daheim bin.«

»Willst uns nicht erzählen, wie dir's gangen ist?« fragte Schwester Käthchen.

»Freilich,« nickte er, »o, ,s ist mir gut gangen, nur wie ich in München ankommen bin, hat mich die Mutter an der Hand packt wie ein Stück Holz. Die Schwesterln haben sich auch nit g'freut. Der Vater hat g'sagt: »Ich geh' auf den Abend ins Wirtshaus.« Dann hat die Mutter g'sagt, sie woll' mich in der Küch' füttern. Hat mir auch recht schön's Essen geben. Aber der Vater ist doch ins Wirtshaus. Die Mutter hat g'heult, ich glaub', er hat sie g'schlagen. Ich sei an allem schuld, hat sie g'sagt.«

»Bist auch in die Schul' gangen?« fragte Schwester Käthchen.

»Freilich,« nickte er, »er war recht zufrieden, der Lehrer, hat mich nie g'hauen. Kann's Einmaleins fast –«

»Aber warum bist du denn von daheim fort?« erkundigte sich die Oberschwester.

»Ja, das war – das war halt so –: Am Tisch sind wir g'sessen, die Schwesterln und ich, ohne Licht. Aber ich seh' auch im Dunkeln. Die Mutter ist reinkommen, bin erschrocken über ihr Gesicht. ›Da setz' dich her,‹ hat sie zu mir g'sagt und mich unten an' Tisch zogen. Drauf ist sie wieder gangen. Die Schwesterln waren ganz still und ich auch. Eine Angst hab' ich g'habt wie vor dem Scherenschleifer. Da bin ich schnell über den Tisch weg ans Fenster. Die Mutter ist gleich reinkommen mit einer dampfenden Schüssel. Über den Stuhl, wo ich g'sessen bin, hat sie die Schlüssel fallen lassen. Hab' sie laut schreien hören. Weit schon war ich, draußen auf der Gass', hab' ich sie noch immer schreien hören. – Da bin ich g'laufen –«

Er schwieg. Die Kinder lachten. Es lag so viel Lustigkeit in seiner Stimme. Sie merkten nicht, wie sich Schwester Käthichen über die Augen wischte.

»Wer hat dir denn das Geld zum Herfahren gegeben?« fragte die Oberschwester.

Er sah sie lachend an: »Mir hat kei' Mensch Geld geben, hab halt ein Fuß vor den andern g'setzt. Vorwärts marsch, wie der Scherenschleifer g'sagt hat'«

Die Kinder jubelten.

Schwester Käthchen schlug die Hände zusammen: »Zu Fuß von München bis hierher! Ist das möglich!«

»Ist sogar recht schön g'wesen,« behauptete Fritzl, »bin

immer der Eisenbahn nach. Hab' auch oftmals zu essen kriegt unterwegs, manchmal eine Supp' und einmal einen Pfannenkuchen. In der Nacht bin ich in die Heustadel krochen oder in Stall. Einmal hab' ich g'meint, ich seh' den Scherenschleifer. Da bin ich vor Angst zu einem Hund in der Hütt'. Er war aber recht gut und hat mich g'leckt. Die ganze Nacht hab' ich bei ihm g'schlafen, und in der Früh haben mir seine Leut' Kaffee geben.«

»Und dann? Und dann?« riefen die Kinder. Ganz eng umstanden sie das Bett.

»Dann hab' ich einen Purzelbaum g'schlagen und dann noch einen,« prahlte Fritzl.

»Wie lang' warst du denn unterwegs?« fragte die Oberschwester.

»Weiß nit,« meinte er achselzuckend, »vielleicht war's zweimal Sonntag. Nur haben die Sohlen nit g'halten. Da haben mir die Füß' halt weh' g'tan. Hol's der Teufel, hab' ich denkt.«

Das jugendliche Publikum schrie vor Vergnügen.

Er schnitt eine Grimasse: »Hol's der Teufel,« wiederholte er zwei-, dreimal.

Jetzt drängte die Oberschwester: »Und dann?«

»Dann – ja dann hat mir eine Frau ein Paar Schuhe geben. Jetzt haben die auch wieder nit g'halten. Wenn s' mich gar so brennt haben, die Füß', hab' ich an den Stern von Bethlehem denkt, dem die heiligen drei König' nach sind bis hin zum Christkindl. Da hab' ich denkt, was die heiligen drei König' können, das muß doch der Fritzl auch können.«

Schwester Käthchen streichelte ihm die Wangen: »Daß du alles so schön behalten hast, was ich dir vom Christkind erzählt.«

Er machte ein höchst pfiffiges Gesichtchen: »Will dir's verraten – nit ein einziges Mal hab' ich g'stohlen – und weißt warum? Daß mich halt ,s Christkindl dafür bei dir laßt. – Glaubst, ,s ist so g'scheit?« setzte er fragend hinzu.

Schwester Käthchen setzte noch in der gleichen Stunde eine frische Haube auf und nahm ihren Kragen um. Spornstreichs ins Schloß rannte sie. – Die Landesherrin hatte sich der allzeit heiteren Schwester von jeher gnädig gezeigt. Es verging keine Woche, ohne daß die hohe Frau das Armenheim besuchte. Als sie Schwester Käthchen, nachdem ihr der Fritzl entrissen worden war, mit rotgeweinten Augen antraf, mußte das Mädchen beichten, und von diesem Augenblick an wurde sie erst recht von der Landesherrin ausgezeichnet. Zu ihr nun eilte Schwester Käthchen. Und kam selig und strahlend von ihrem Wege zurück.

Eben trat der Polizeiagent mit der Oberschwester aus der Kinderstube.

»Schwester, Schwester,« schrie der an allen Gliedern zitternde Kleine der Eintretenden entgegen, »er will mich wieder fortnehmen – o Schwester, wie war der Weg so weit – und jetzt seh' ich ihn am End' doch nit, den drei heiligen Königen ihren Stern ...«

Da kniete sie neben ihm hin: »Fürcht' dich nicht, Fritzl, sei froh, es darf dich keiner mehr von hier wegnehmen. Ich hab's für dich in der Tasche zum Weihnachtsgeschenk. Fritzl bleibt unser Kind. Darfst es aber dem Christkinde nicht verraten, daß ich dir's vorher gesagt hab'.«

Er lächelte, indem er tief, wie von einer schweren Last befreit, aufatmete. Schon im nächsten Augenblick schlief er, seligen Frieden aus dem blassen, von Leiden und Entbehrungen so hart gezeichneten Kindergesicht.

Unter gutem Stern

Von W. Fischer

Er war gar kein übler Bub, der Gaberl. Das Blaue vom Himmel hat er sich nicht erst brauchen herunterzuholen. Das ist schon in seinen Augen gelegen; und gewachsen war er auch wie eins, das die Größe von seinen Jahren hat. Sein Heim war oben auf dem Schloßberg, wo er hat prächtig auf die ganze Stadt heruntersehen können und auf all die Häuser, die sich im Kreis um den Berg geschart haben. Hat sich auch nicht leicht vor etwas gefürchtet, weil er ein frommes Herz in sich gespürt hat; aber doch hat's einmal etwas gegeben, dem er nicht recht getraut hat. Kommt er nämlich zu einer alten Mauer, die von der Festung her übriggeblieben ist, und kann an ihr nicht weitergehen, weil alles mit Buschwerk verwachsen ist. Und der Weg wär' noch hübsch eben gewesen. So meint er halt, das Gesträuch wird nicht gar so wild sein und mich durchlassen, wenn ich mich recht anstell'. Tut's also und stellt sich recht klein an, damit er durchschlüpfen kann.

Das ist ihm gelungen. Aber jetzt sieht er in der Mauer eine Tür, und da war ihm etwas ängstlich zumute. Denn diese bewachten zwei Männer von beiden Seiten und trugen zugleich auf ihren Rücken die Türwölbung. Vor denen fürchtete er sich beinahe, obgleich sie so aussahen, als wenn sie von Stein wären. Aber der eine schaute ihn genau an und machte dazu ein böses Gesicht; der andere kümmerte sich wenig um ihn und sah weg. Jetzt ist den Gaberl die Scheu angegangen und hat ihm zuraunen mögen: besser umkehren. Aber da sieht er drüben einen hellgrünen Rasen, und steht dort ein schöner Bub, der ruft ihm zu: »Fürcht'st dich etwa?«

»Nein, das gerade nicht,« gibt ihm der Gaberl zur Antwort. »Aber der Mann gefällt mir nicht. Er schaut so verdrießlich drein.«

»O je!« sagt der andere, »er hat sich sein Gesicht auch nicht selber gemacht und muß ausschauen, wie er ist. – Willst nicht herkommen zu mir?«

»Wohl, ich komm' schon.«

Und ohne daß er sich besonderen Mut eingesprochen hätte, ging er getrost an dem Mann vorbei zu dem Knaben, der ihn rief. Der zeigte ihm jetzt wunderhübsche Spielsachen, daß er ganz erstaunt über die Herrlichkeit war; und sie spielten miteinander in aller Eintracht wie zwei gute kleine Gesellen.

Der Gaberl hätte gewiß vergessen, daß es eine Zeit gibt, die immer vorwärtsgeht; aber sein Spielkamerad hat ihn gemahnt: »Geh jetzt heim, und wenn du wieder herkommen magst, so brauchst mich nur bei meinem Namen zu rufen: Heilid! so wird dir der Mann nichts tun, und ich werd' wieder mit dir spielen. Aber sagen darfst du niemandem etwas davon; sonst siehst mich nimmer.«

Also ging der Gaberl wieder kühn an dem mürrischen Türsteher vorbei, ohne ihn viel anzusehen, und fand auch den Weg durch das dichtverwachsene Strauchwerk wieder heim in das Türmerhaus, wo seine Eltern wohnten.

Dann ist das oft geschehen, daß er mit dem Heilid gespielt hat, und war eine Freude, daß er's tun konnte. Die eigenen Augen sind ihm klar geworden, so oft er in die des anderen geschaut hat, und war ihm ganz fromm zumute dabei. Wenn er oben auf dem Schloßberg ging, wo er gerade als ein Kleiner über die Brüstung mit dem Kopfe langen konnte, da sah er viel Schönes, was er früher nicht bemerkt hatte. Die blauen Berge schienen ihm wie gute große Freunde zu sein, die ihm die Einladung überschickten, daß, wenn er einmal gewachsen sein würde, er zu ihnen kommen dürfe. Der helle Strom, die Mur, lachte ihm von unten zu und sagte: Auch das Höchste, was es gibt, die Sonn' beschaut sich in mir wie in einem Spiegel. – Dann strahlte die Mur vor Freude förmlich auf und strömte weit weg, daß er ihr nicht mit den Augen folgen konnte. Es war alles so schön, weil es groß und herrlich in der Weite lag; und er war zufrieden, daß er als kleiner Bub in der Nähe sein und alles betrachten konnte.

Mit dem Heilid aber hatte er seine gute Zeit gehabt und sich allemal einen freundlichen Anblick geholt; und die beiden haben sich miteinander vertragen wie zwei rechte Frühlingskinder. Fragt ihn der Heilid einmal, was er sich gerne wünschen tät. Und er denkt nach, was das wohl sein möcht', und gibt dann zur Antwort: »Mir gefiel' am besten ein Stern, wie so viele zur Nacht am Himmel scheinen; einen solchen möcht' ich haben, der mir zu eigen gehört.«

»O du Tschapperl!« lachte der Heilid. »Die sind ja viel zu weit weg von dir. Wie willst du einen erlangen?«

»Ich möcht' nur, daß er mir gehört, wenn er auch weit weg ist,« meint der Gaberl befangen, weil ihm doch fürkommt, als hätt' er etwas Dummes gesagt.

»Na, vielleicht kriegst einmal einen, der über dich wachen wird, wenn du recht brav schlafen tust.«

»Da hab' ich ja nichts davon, wenn ich schlaf',« sagt der Gaberl.

»Das kannst nicht wissen. Die Kinder wachsen, auch wenn sie schlafen. Da kann's leicht sein, daß er dir dazu helfen mag.«

Der Gaberl mußte wohl ein braver Bub sein, da er solchen Spielkameraden fand. Wo sie saßen, da wuchsen die Blumen prächtig auf, daß er darüber staunte; denn er hatte nie so schöne aus dem Schloßberg gesehen. Und der Heilid sagte: »Siehst du, die Sterne sind auch Himmelsblumen, an denen der liebe Gott seine Freude hat. Und deshalb darf sich auch jedes Kind daran erfreuen, wenn es zu Nacht recht fromm hinausschaut.«

Da wunderte sich der Gaberl, wie sein Geselle so zu reden wußte, daß er selber immer etwas davon behielt, über das er nachdenken konnte.

Aber es kam die Zeit, daß das Jahr nicht mehr kindlich jung war, wie sie beide, und der Herbst nahte heran. Das Laub der Bäume trug rote und goldene Farben, die leuchteten und glühten; dann verließen sie ihre heimatlichen Äste und suchten sich auf dem Boden ein Lager. Der Heilid kam immer seltener zum Spielplatz, und mit dem ersten Schnee war er verschwunden und ließ sich mit keinem Rufen mehr herbeiholen. Der Gaberl war verwaist, als wenn er ein Brüderlein verloren hätte, und jetzt gesellte sich das Leid zu ihm in seiner Einsamkeit.

Der Winter ist auch ein gestrenger Herr; und wenn der ins Land einrückt, so verweht er alles mit Schnee, so daß ein weißer Teppich daliegt. Aber das Ärgere ist dem Gaberl zugestoßen; sein liebes Mutterl ist krank gelegen und tat sich schier nimmer auskennen vor lauter Wehtum. Der Arzt ist geholt worden, hat seine beste Miene aufgesetzt und doch nichts Gutes sagen können.

»Es ist halt so,« hat er gemeint; »ich werd' schon das Meinige tun, um der Frau zu helfen; aber unser Herrgott muß auch das Seinige tun.«

Und dem Gaberl hat es das Herz abgedrückt, wie er sein liebes Mutterl so krank und abgezehrt liegen sieht, und hat ihn jeder Tag schwer belastet. Auch der Vater, sonst ein starker Mann, hat trübselig dreingeschaut, wie die Mutter, die alles im Hause zusammengehalten hat und überall die bravste war, wie sie jetzt hilfsbedürftig im Bette liegt. Und der Arzt hat wieder einmal den Kopf geschüttelt und gemeint: »Verzweifeln dürfen wir nicht. Was meine Kunst vermag, das wird ihr alles zuteil werden; aber die gute Natur muß dazu helfen, die des lieben Gottes Dienstmagd ist und ihm alles zu Willen tut.«

Ja, und doch ist's schlimm gestanden um die gute Frau, und der kleine Bub hat geseufzt, wenn er an ihrem Bett gesessen ist, die er so gern gehabt hat.

Wenn der Gaberl jetzt vom Schloßberg aus sein Köpferl über die Brüstung streckte, so lagen unten die Häuser eingeschneit, und im Murfelde hoben sich nur die Fichtenwäldchen dunkelgrün vom weißen Grunde ab. Der Wind strich mit frostigen Flügeln von der Gleinalpe herunter, und wo er vorbeizog, da erstarrte jedes Wässerchen zu Eis. Wer die Mur eilte viel zu rasch dahin, daß er sie hätte fassen und zu Eis wandeln können. Sie behielt ihre Freiheit und strömte nur ernst zur strengen Zeit in die Ferne.

So war Weihnachten gekommen, das Fest, das alle Kinderherzen erfreute, nur Gaberl seines nicht; denn es konnte diesmal in der Türmerwohnung kein Christbäumchen geben, das wundersam erglänzte, und unter welchem sonst die Spenden für den Buben lagen, die das Christkindl gebracht hatte. Mit der Mutter war es gar übel bestellt, und der Arzt hatte die Hoffnung aufgegeben, daß sie wieder zu sich kommen und dem Leben erhalten bleiben könne. Das waren traurige Weihnachten für den armen Buben, und in der Christnacht wachte der Vater an dem Bette der Kranken, wobei ihm Gaberl mit dem eigenen Leid zur Seite stand. Das dauerte so lange, bis die Stunde heranrückte, wo der Vater in den Turm steigen mußte, um die große Glocke zur Christmette zu läuten. Er entfernte sich, und Gaberl blieb mit der Mutter allein. Die lag mit geschlossenen Augen, atmete schwer und wußte nichts von der heiligen Nacht, die sich mit Tausenden von schimmernden Bäumen geschmückt hatte. In dem Kinde aber war das Leid immer mächtiger, und es fiel ihm ein, daß er in die Stadt hinuntersteigen müsse, um den Arzt heraufzuholen, der ihr vielleicht noch helfen könnte. Er rief die alte Magd herein, daß sie bei der Mutter bleiben möge, bis er wiederkomme, was nicht zu lange dauern werde. Und die Magd, die wußte, daß Gaberl ein gescheiter Bub war, ließ ihn gewähren.

Also geht er in die Winternacht hinaus, und wenn man die Kälte hätte sehen können, so hätte sie der Mondschein gezeigt; aber so war sie nur zu fühlen und streng genug. Geht er über den festgefrorenen Schnee, der nur so geflimmert hat, seinen Weg. Der hat sich unter der weißen Decke verborgen gehalten; aber es macht nichts, denkt sich der Gaberl und kommt ein Stück abwärts. Da steht er plötzlich in einer Gegend, die war ihm fremd; und doch meint er, er müsse schon einmal dagewesen sein. Es war nichts weiter zu sehen, als ein dichtes kahles Gesträuch, und er denkt sich, da muß ich vorbei, um abwärts zu gelangen. Und wie er sich durchzwängt, bemerkt er eine Tür in der Mauer und etwas wie eine verwitterte Steingestalt, deren Gesicht aber verborgen bleibt. Und jetzt weiß er, daß er fehlgegangen ist. Die Erinnerung steigt aber so mächtig in ihm auf, daß er zu weinen angehoben und »Heilid!« gerufen hat.

In derselben Zeit fängt der Vater im Turme zu läuten an, und die große Glocke, die Liesel, schickt ihre eherne Stimme in das weite Land hinaus und verkündet die Geburt des Herrn. Da ist es geschehen, daß der Schnee auf einmal verschwunden war, ein lieblicher Rasen hat sich gezeigt, aus dem wundersame Blumen sproßten, und ein holdseliger Glanz ist über ihnen gelegen wie Sonnenlicht in der Nacht. Und mitten unter den Blumen steht sein guter Kamerad, der Heilid, blickt ihm freundlich in die Augen und sagt: »Na, Gaberl, es ist recht, daß du mich aufgesucht hast. Ich will dir helfen. Mußt nur alles genau tun, wie ich dir's anzeigen will. Wirst dir's merken?«

»Gewiß,« antwortete er voller Freude und hat recht aufgepaßt, daß er nichts von alledem verliere, was der andere vermeldet. Der gibt ihm dann einen weißblühenden Zweig in die Hand und mahnt ihn: »Geh jetzt und schau' dich nimmer um.«

Kommt der Gaberl zu der Tür, sieht nicht rechts und nicht links und berührt sie mit dem blühenden Zweig. Die Tür tat sich von selber auf und er ging einwärts. –

Da lag ein herrliches Land, überglänzt von goldenem Sonnenschein. Blaue Berge ragten in der Ferne zum klaren Himmel auf, und wo er schritt, da grünte weicher Rasen, aus welchem die Blumen mit lieblichen Köpfchen emporstiegen, als wollten sie den Gaberl begrüßen. Die Bäume standen blütenvoll und beherbergten auf ihren Ästen eine Schar von Vöglein, die in bunten Federn glänzten und holdselig sangen, als wollten sie all die Schönheit verkünden, die überall ausgebreitet lag. Und es war dem Gaberl, als ob er durch die Landschaft ginge, die er vom Schloßberg aus in der Weiten erblickte; nur war alles verklärt in dem goldenen Scheine und hob sich wie selig über den eigenen Frieden in den Äther. Da floß auch ein Strom dahin, der wie die Mur grünlich erglänzte und sich von dem hellen Grün der Ufer in lebendiger Bewegung abhob. Und die Hügel säumten ihn in freundlichem Zuge, als freuten sie sich, ihn zu begleiten und das zarte Laub ihrer frühlingsgrünen Wälder in ihm spiegeln zu können. Zu denen konnte Gaberl nur hinaufblicken. Wenn er aber an den blühenden Bäumen vorbeischritt, die unten standen, so war es, als ob die Blütenäste sich vorneigten, um den Zweig zu bewundern, den er in der Hand trug, weil sie solchen niemals gesehen hatten.

So fühlte er sich frei und froh in der Zauberlandschaft. Es war ihm, als ob er auf leichten Sohlen aus der blühenden Nähe in die Ferne wanderte, und als ob der Goldglanz, der alles umhüllte, sich auch wie ein herrliches Gewand um seinen Leib schmiegte. Davon ward ihm das Herz traut bewegt, und sein Blick umfaßte die Nähe und die Ferne in einem holden Bild, das ihm gehörte, weil er darin lebte.

Jetzt kam er in ein schönes Tal, von dessen Hügeln weiße Landhäuser herab glänzten, und er sah eine Schar Knaben, die sich mit Ballspiel ergötzten. Sie waren ungefähr von seinem Alter und prächtig gekleidet, wie rechte Herrenkinder. Dem Gaberl gefiel es sehr, wie die Bälle in bunten Farben, grün, blau, rot, violett, durch die Luft flogen und gehascht wurden. Dabei waren die Bewegungen der Knaben kräftig und doch auch zierlich, daß er ein wenig stehen blieb und ihnen zusah.

»Willst mitspielen?« fragte ihn einer, der der Anführer zu sein schien.

»Ich möcht' schon, aber ich darf nicht,« erwiderte er.

»Dürfen! Was ein rechter Bub ist, der muß immer dürfen können, wenn er etwas will. Sonst ist er im Unrecht, wenn er etwas will.«

»Ich verstehe das nicht,« gibt er zur Antwort. »Aber mir fehlt die Zeit, ich muß weitergehen.«

»Hättest Zeit genug, wenn du den Verstand hättest, sie auszunützen.«

»Das mag wohl sein, daß mir der Verstand fehlt,« sagte der Gaberl; »deshalb geh' ich ihn jetzt suchen und kann nicht bei euch bleiben, so gern ich möcht'.« –

Da wurden sie freundlich und lockten ihn alle mit sanften Worten, nur ein wenig mit ihnen zu spielen. Den blühenden Zweig wollten sie ihm inzwischen auf einem sicheren Ort verwahren, damit er ihn wiederbekäme. Den ließ er aber nicht aus der Hand und sagte: »Behüt' euch Gott alle miteinander! Ich geh meinen Weg.«

Damit entfernte er sich von ihnen, die ihm jetzt spöttisch allerlei nachriefen. Er aber machte sich nichts daraus und meinte bei sich: ich hab' recht, und das könnt ihr mir mit all eurem Schreien nicht nehmen.

Jetzt sah er eine weiße Taube vor sich herfliegen. Die tat so, als wollte sie ihm den Weg zeigen.

Richtig, hat er sich gedacht, da gehen jetzt so viele Steige nach verschiedenen Seiten, und das Täuberl ist brav, daß es mich führen will. Es dreht ja von Zeit zu Zeit das Köpfchen nach mir her, um zu sehen, ob ich ihm folge. Freilich tue ich's.

Die Taube flog ihm voraus und führte ihn durch ein herrliches Gefilde, bis sie vor einem weißen Hause anhielt. Sie flatterte mit den Flügeln, als wollte sie ihm andeuten: Hier ist das Ziel. Dann flog sie über die Hofmauer hinweg und verschwand ins Innere. Gaberl kam freudig zur Pforte. Da verließ ihn aber die Freude, und der Schrecken stand plötzlich bei ihm; denn er sah an der Tür einen Mann, den er wohl kannte. Er war aber diesmal nicht von Stein, wie dort an der Pforte, wo er einst mit Heilid gespielt hatte, sondern lebendig. Der Mann machte ein furchtbares Gesicht, daß der Knabe schier zitterte, und fragte böse: »Was willst?«

»Hier möcht' ich eintreten,« antwortete Gaberl verzagt.

»Das ist leicht gesagt und schwer getan. Geh deines Weges, woher du gekommen bist, und laß dich nimmer blicken. Sonst – – Wer hat dich gerufen?«

»Eine Taube.«

»So,« sagte der Wann etwas gelinder. »Und wo ist dein Geleitbrief?«

»Hier!« und er zeigte ihm den blühenden Zweig.

Jetzt war der Mann ganz freundlich und sprach: »Die Tür steht dir offen. Du kannst zur Frau Irdne gehn.«

Also ging er hinein und kam in ein erstes Zimmer, das war voll von Kräutern, die dufteten und blühten in Töpfen, die auf Simsen rund herumstanden. Dann kam er in ein zweites Zimmer. Da leuchteten Blumen in Glasgefäßen, die einen Leib wie aus Sonnenschein trugen und in wundersamen Farben erschimmerten, so daß das ganze Gemach von Licht und Farbe durchzogen war. Dann kam er in ein drittes Zimmer. Da stand eine alte Frau vor einem Herd, der war mit Kristallschalen bedeckt, in die sie Kräuter und Blumensaft preßte. Sie wendete sich nach ihm um, blickte ihn mit scharfen hellblauen Augen an und sprach: »Bist gekommen, Gaberl, was bringst?«

Er überreichte ihr den blühenden Zweig: »Das hier.«

Sie nahm den Zweig in die Hand und verwunderte sich: »Brav! Den hab' ich mir schon längst gewünscht. Der hat mir gefehlt unter all dem, was ich an Blumen, Kräutern und Bäumen besitz'. Der Zweig ist dort gewachsen, wohin ich nicht komm'. Es ist aber etwas auf seinen Blättern geschrieben, was ich lesen kann. Ja – – du sollst dein Geschenk von mir bekommen.« Und sie goß aus den Kristallschalen Saft in ein Fläschchen: »Das nimm. Das wird deiner Mutter gut tun und ihr wieder die Gesundheit geben.« – Er nahm es und dankte ihr herzlich dafür. »Ja,« sagte sie, »du bist unter einem guten Stern geboren, Gaberl.«

»Was heißt das?« fragte er verwundert.

»Das heißt, daß so ein Sterndl, das am Himmel leuchtet, dich gern hat.«

»Ja, ich möcht' es auch gern haben.«

»Du sollst es haben, aber in anderer Weis'; denn das Sterndl selbst kann ich dir nicht geben. Das wohnt weit weg mit seinen Brüdern im großen Himmelreich.«

Und Frau Irdne ging mit ihm in das zweite Zimmer, nahm aus einem der Glasgefäße eine weiße Knospe und sprach: »Die nimm mit. Wenn du wirklich ein braver Bub bist, der was Rechtes werden will, so wird das Knösperl morgen aufblühen, und niemand wird es sehen außer dir. Dann wird es in die Heimat zurückkehren, woher es stammt. Aber die Erinnerung daran wird immer in dir leben und dein Glück sein. Jetzt geh heim, aber auf einem kürzeren Weg als der vorige war.«

Sie rief den Mann, der Pförtner war, und hieß ihn den Knaben geleiten, der von ihr mit dankbarem Herzen Abschied nahm. Der Pförtner führte ihn durch einen dunklen Gang zu einer Tür, die sich auf sein Geheiß öffnete.

»Gehab' dich wohl, Gaberl,« sprach er.

Und der befand sich auf einmal in der strengen Winternacht auf dem Schloßberg nahe der Türmerwohnung.

Er ging froh hinein, und als er in das Zimmer trat, sagte die Magd: »Recht so. Bist nicht zu lange ausgeblieben. Jetzt kann ich wieder weg.«

So befand sich der Knabe allein mit der Mutter. Diese schlug die Augen auf und flüsterte schwach: »Bist du es, Gaberl?«

»Ja, Mutter, und ich bring' dir deine Arznei.« Er reichte ihr den Löffel, in welchen er den Heiltrank der Frau Irdne aus dem Fläschchen gegossen hatte, und sie nahm und trank ihn.

»O mein Gott,« seufzte sie hernach, »wie ist mir's um vieles besser!«

Da kam gerade der Vater vom Läuten im Turm zurück und hörte diese Worte.

»Gott geb's,« sagte er, »daß es so sei!«

Aber er war doch traurig, weil ihn die Hoffnung schon verlassen hatte.

Für den Buben aber war es Schlafenszeit, und er ging in seine Kammer hinauf. Die Knospe stellte er in einem Glas ans Fenster und legte sich mit glücklichem Herzen zur Ruhe.

Als er am andern Morgen erwachte, da schien die Wintersonne herein, und sein erstes war, nach der Knospe zu sehen. Die war aber jetzt zu einer weißen Sternblume erblüht, die wundersam erglänzte. Und wie der Gaberl mit gefalteten Händen vor ihr stand, sah er aus ihr eine weiße Gestalt mit Flügeln steigen, und er erkannte in dem Englein das Antlitz seines Spielkameraden Heilid. Der lächelte ihm zu. Dann entschwand die Gestalt und mit ihr die Blume.

Der Gaberl ging jetzt selig hinab in die Wohnstube. Da

saß die Mutter aufrecht im Bett, und ihre Augen blickten hell und froh. Der Vater stand bei ihr und sagte: »So alt ich bin, habe ich nie glücklichere Weihnachten erlebt als diesmal.«

Der Gaberl aber dachte sich: Und mir hat das Christkindl nie etwas Schöneres geschenkt als diesmal: die Gesundheit meiner lieben Mutter. – Und wie er dieses im Herzen fühlte, ward sein Gesicht so verklärt davon, daß es die Mutter bemerkte, und ihn zu sich rief. Als er bei ihr war, umschloß sie ihn mit den Armen und küßte ihn glückselig auf die Stirn.

Puck Kraihenfoot

Von Hermann Löns

Ganz hinten in der Heide, wo sich Fuchs und Has im Mondschein begegnen, liegt ein ganz barbarischer Heidberg.

Oben auf seinem Kopfe steht eine großmächtige Fuhre, die größte weit und breit. Man kann sie weit sehen, und die Bauern richten sich nach ihr, wenn sie über die Heide fahren.

In ihrer Krone horstet der Rauk, der große Rabe, in ihrem Stammloch brütet der Schwarzspecht, unter ihren Wurzeln hat die giftige Schnake ihr Schlupfloch. Und da wohnt auch Puck Kraihenfoot.

Puck Kraihenfoot ist ein einschichtiger Schwarzelb. Er ist einen Fuß hoch, hat ein grünes und ein rotes Auge, gelbe Mausezähne, einen langen, flechtenfarbenen Bart, eine Nase wie eine Hagebutte, Finger wie ein Kateiker und Füße wie eine Krähe.

Er trägt einen knallroten, etwas verschossenen Mantel mit hoher spitzer Kapuze, der ihm bis auf die Vogelfüßchen reicht. Die Füßchen aber sieht man nicht, denn er schämt sich sehr darüber und trägt im Winter lange Stiefel und im Sommer Schuhe und Gamaschen.

Im Sommer hat er es gut. Da sitzt er auf der mittleren Fuhrenwurzel, die er schon ganz blank gescheuert hat, spielt auf einer Flöte, die er aus einem weißen Hasenknochen gemacht hat, ganz merkwürdige Weisen, oder er schmökt aus einem Krähenschädel, in dem ein Reethalm steckt, getrocknete Postblätter.

Wenn er Besuch von anderen einschichtigen Elben bekommt, zum Beispiel von Niß Pogg vom Steingrab ober von Peter Wipp aus dem Dübelsmoor, dann läßt er etwas draufgehen. Dann müssen die Grillen fiedeln. Die Glühwürmer illuminieren die Wurzelstube, die Heidlerchen tragen Lieder vor, die Poggen bilden den Chor, und Puck Kraihenfoot und seine Gäste dudeln sich im süßen Bickbeermost und herben Moorbeersekt ganz gehörig einen an.

Im Winter aber wohnt Puck nicht unter der hohen Fuhre am hellen Berge. Er ist alt und etwas frosterig, und dann ist es ihm auch zu langweilig da. Er zieht dann zu einem Bauern. Hat er es da gut, dann kann der Mann sich freuen. Dann bollwerkt im Sommer darauf der Buchweizen nur so, der Roggen trägt doppelt, die Immenstöcke laufen über, keine Kuh verkalbt und kein Schwein kriegt das wilde Feuer.

Sind die Leute zu ihm aber nicht gut, dann geht es ihnen leege. Dann dreht er den Hühnern und Gänsen den Kragen um, ängstigt das Vieh im Stall, bis es sich kaputtschlägt, bläst die Pferde an, daß sie die Brustseuche kriegen, läßt die Bruten im Immenstock faulen, peitscht nachts den Buchweizen, bis er braun wird, knickt die Bodenleitern ein, streut der Katze glühende Kohlen in das Fell, daß sie vor Angst in das Heu läuft, und macht sonstigen Unfug.

Nun ist es Wintertag. Auf der Heide liegt der Schnee. Die Machangelbüsche sehen wie lauter Schneemänner aus, und die Fuhren haben weiße Hemden an. Die hohe Fuhre auf dem hellen Berge sieht aus wie ein großer weißer Schirm.

Es ist Mittagszeit, aber es ist schneidend kalt. Der Wind steht von Nordost. Auf der weißen Heide ist ein dunkler Fleck sichtbar. Das ist der Fuchs, der will zum Dorfe, vielleicht daß es ihm glückt, einen alten Knochen oder einen Heringskopf zu erwischen. Er schnüffelt auf dem Schnee herum, da, wo er die Geläufe einer Krähe sieht. Aber da fährt er zurück, sein Rückenhaar sträubt sich, und mit eingeklemmter Rute schnürt er zum Holze zurück.

Es war nämlich Puck Kraihenfoots Spur, in der Reinecke herumgeschnüffelt hatte, und die hat eine Witterung, die kein Tier verträgt. Das ist noch schlimmer als Franzosenöl.

Ja, Puck Kraihenfoot ist heute vom Dorfe gekommen, und fuchsteufelswild war der Kleine. So wild, daß er ganz vergessen hatte, seine Stiefel anzuziehen, die er in die Haferlade gelegt hatte, in der er nachts schlief.

Es war einmal wieder zu schlimm gewesen auf Thormanns Hof. Der Bauer hatte in einem fort gelärmt und geknurrt, und die Guste hatte vor sich hingeweint. Das ging nun schon wochenlang so, und wenn Puck die Guste nicht so gern hätte leiden mögen, dann wäre er schon wo anders hingezogen.

Die Guste hatte einen Liebsten, einen jungen frischen Kerl, und der Alte wollte, sie sollte einen Witwer heiraten, der einen ebenso großen Hof hatte wie Thormann. Und deswegen gab es nun Tag für Tag Ärger im Haus.

Puck Kraihenfoot saß brummig auf der hohen Fuhre, rauchte seinen Post aus dem alten, schön angebräunten Krähenschädel und überlegte, was sich machen ließe. Mit Gewaltmaßregeln, das sah er ein, war hier nichts zu machen. Der Alte war hart wie ein eichener Klotz. Puck hatte ihm neulich ein Bein gestellt, und der Alte war mit dem

Kopfe an den Dössel geschlagen, daß es nur so brummte, aber als er wieder zu sich kam, hatte er nur noch mehr spektakelt.

Der Kleine seufzte. Dann faßte er in die Tasche seiner Kutte, holte eine Flöte heraus, aus dem Reißzahn eines Dachses gemacht, und pfiff zweimal darauf. Dann setzte er sich wieder hin und wartete.

Nach einigen Minuten tauchte links ein hellblauer Punkt auf und rechts ein gelber. Die kamen näher, und es waren Niß Pogg und Peter Wipp. Ernst und gemessen näherten sie sich ihrem Freunde, verbeugten sich, reichten ihm die Frosch- und Maulwurfshände, sprachen erst vom Wetter, von dem hohen Schnee, von ihren Winterquartieren bei den Bauern und fragten schließlich Puck, weshalb er sie gerufen habe.

Da erzählte er ihnen die Geschichte von Guste Thormann und Hinrich Grönebusch und fragte sie, was er machen solle. Ganz ausführlich legte er ihnen alles dar und schloß seine Rede: »Leewe Frünne, hört to, ick roope: Wo kreeg ick de beiden Minschen tohope?«

Peter Wipp legte erst das Maulwurfshändchen an die spitze, schnüffelnde Nase und überlegte. Dann senkte er die gelbe Kapuze und sah auf seine Entenfüße. Endlich sprach et: »Min leiwe Fründ Puck Kraihenfoot, hör too, wat ick segg, min Rat is got. Breck ehm den Kragen, smit em up'n Schragen. Is de Ohle weege, kümmt alles in ne Reege.«

Niß Pogg nickte, daß seine blaue Kapuze hin- und herwippte, schlug sich mit den Froschhänden auf die Knie und rief: »Peter Wipp sin Snack is got, is de Ohle erst kalt und dod, is de Ohle weege, kümmt alles in de Reege.«

Puck Kraihenfoot aber schüttelte seine rote Kapuze

und erwiderte: »De Snei is witt und Bloot is rot, und witt und rot dat lät nich got.«

Da saßen sie wieder lange Zeit und überlegten. Und schließlich kam ihnen ein Gedanke. Sie standen auf, zogen ihre Kappen herunter, und der Platz unter der Fuhre war leer.

Auf Thormanns Hof ging der Bauer in der Dönze auf und ab und sah ab und zu grimmig nach seiner Tochter, die mit rotverschwollenen Augen Kartoffeln schälte. Ihm war recht ungemütlich zu Sinne. Brummig ging er an das Bört, langte seine Pfeife herab und ging nach dem Fenster, wo der Tabakskasten stand. Als er danach griff, hörte er leise etwas kichern, und der Tabakskasten fiel vom Fensterbrett und gerade in den Eimer, in den Guste die Kartoffeln tat.

»Dübel,« rief der Bauer, »nu mott ick noch in' Kraug, dat is all wedder de ohle Puck wesen.« Er setzte die Mütze auf, nahm seinen Stock und ging ab. Als er über den Hof ging, hörte er es über sich lachen. Da saß Niß Pogg, sein Hauspuck, in der Giebelluke, schlenkerte mit den rotbestrümpften Beinen und rief vergnügt: »Hie Niß' eene Been, da Niß' annere Been.«

Zu derselben Zeit saß Hinrich Grönebusch zu Hause und stützte den Kopf in die Hand. Seine alte Mutter sah ihn mehrmals von der Seite an, sagte aber nichts. Der Tranküsel schwelte. Da stand Mutter Grönebusch auf und langte nach dem Ölkrug. Als sie ihn eben in der Hand hatte, fühlte sie einen kurzen kalten Schlag auf der Hand und ließ den Krug fallen.

»Wat hebb ick mi verjaget,« rief die Frau. »Hinrich, du schast man beeten na'n Krauge gahn, dat du up annere Gedanken kummst. De Kräuger kann mi dör sine Lüttje ook'n Pott Ölje schicken.«

Hinrich zog die Jacke an, setzte die Mütze auf und ging auf den Hof. Er wollte die Lüttjemagd nach dem Kruge schicken. Er selbst hatte keine Lust. Aber als das Mädchen eben fort war, hörte er sie kreischen, und sie kam, weiß wie ein Laken, herein und sagte, sie ginge nicht, Peter Wipp sei ihr als feuriges Rad über den Weg gelaufen und habe gerufen: »Gahste Mäken, den Hals schaste breken.«

Da ging Hinrich Grönebusch selber, und in der Giebelluke saß Peter Wipp, bummelte mit seinen grünstrümpfigen Beinen und rief: »Hie Peters eene Been, da Peters annere Been.«

Im Kruge ging es hoch her. Thormann war da. Hausteufel, Wirtschaftsengel, konnte man von ihm sagen. Hatte er zu Haus Ärger gehabt, dann gab er einen aus. Bei ihm saß der Schneider und trank schon den achten Kümmel.

»Süh, Thormann, da kümmt din Swiegersohn,« lachte der Schneider.

»Swiegersohn? ick fleitje up so'n Swiegersohn. Eh'r nich be grote Fuhre vom hellen Berge up min Hofe steiht, kümmt de nich als Swiegersohn rup.«

Grönebusch hatte eine heftige Erwiderung auf der Zunge, aber da hielt ihm etwas Kaltes den Mund zu, und eine Stimme, die genau so wie seine eigene klang und von der man nicht wußte, ob sie von dem Boden oder aus dem Keller kam, rief: »Schall dat'n Wort sin?«

»Wisse,« rief der Bauer, »wenn Wihnachten de grote Fuhre up min Hofe wassen deiht, schall Grönebusch use Guste hebben,« und dabei streckte er die Hand hin.

Dem jungen Bauern paßte der Scherz nicht. Aber eine unsichtbare Gewalt riß seine Hand nach vorne und drückte sie in die harte Hand des Alten. Der Schneider schlug durch und rief: »Da lur up,« bekam aber in demselben

Augenblick einen so furchtbaren Nasenstüber von unsichtbarer Hand, daß er ganz nüchtern wurde und schleunigst abschob. Hinter ihm her aber rief aus dem Giebelloch eine dünne Stimme: »Snider, Supuus, wut du woll to Hus.«

Am hellen Berge war die Nacht ein seltsames Leben. Das Rotwild, das aus der Forst auf die Feldmark austreten wollte, verhoffte und sicherte, denn ein seltsames Klingen kam durch die Luft. Und von allen Ecken kamen heran die Pucks aus Moor und Heide, Geest und Bruch, in gelben, weißen, blauen, roten, grauen, grünen, schwarzen Kutten, und ihre Enten- und Krähen- und Gänsefüße traten sonderbare Spuren in den Schnee.

Unter der großen Fuhre aber stand Puck Kraihenfoot und rief: »Ick mot trecken, helpet mi, Wenn ju treckt, bün ick ok d'bie.«

Da faßten sie alle zu, der Schnee knirschte, die Eiszapfen rasselten von den Zweigen zu Boden, und dann hörte man es rauschen und schleifen, und eine große Schneewolke zog vom hellen Berge nach Thormanns Hof.

Auf dem Hofe aber verkroch sich winselnd mit eingezogener Rute Wasser, der Hund, in seiner Hütte. Denn es war da ein Gewimmel und ein Rennen kleiner Leute, daß es ihm unheimlich war.

Als morgens der alte Futterknecht über den Hof ging, um Wasser aus dem Soot zu pumpen, lief er gegen etwas an. Er sah an dem Baum in die Höhe, rieb sich die Augen, brummte und weckte dann den Bauern. Der stieg trotz seines schweren Kopfes eiliger als sonst in die Hosen, zog die Jacke über und ging auf den Hof. Als er den Baum sah, der da schwarz in der grauen Dämmerung stand, fröstelte ihn, und er sah ängstlich nach der Giebelluke. Da saß Puck Kraihenfoot, bummelte mit den langbestiefelten Beinen und rief mit seiner dünnen Junghahnenstimme: »Verwett' is verwett', steiht min Bom da nich nett? Bur, dat is kin Drom, dat is de Guste ehr Weihnachtsboom!« – –

Das ist lange her; aber heute noch ist Thormanns Hof in der ganzen Heide der einzige, dessen Hofbusch aus Fuhren besteht. Auf allen anderen stehen Eichen. Und die Hausmarke der Grönebuschs genannt Thormanns ist der Krähenfuß im Dreieck. Das Dreieck aber soll die Tarnkappe Kraihenfoots sein.

Lüttjemann und Püttjerinchen

Von Hermann Löns

Es waren einmal zwei Mooswichte, die lebten in einem alten Steinbruche.

Sie hatten ein einziges Kind, das nannten sie Lüttjemann, weil es noch viel kleiner war, als die Kinder der Mooswichte sonst sind, so klein, daß es in einer Wiege aus einer halben Walnußschale Platz hatte.

Die alten Mooswichte liebten ihren einzigen Sohn zärtlich; er bekam das feinste Essen: Blumenhonig und Nußkernbrot und dazu Mondtau und herrliche Spielsachen: goldene Käferflügel, silberne Libellenaugen, blitzende Kristalle und funkelnde Steine.

Als er größer wurde und zu Verstand kam, ließen ihn seine Eltern etwas Tüchtiges lernen: der Maulwurf lehrte ihn das Graben, der Specht das Meißeln, die Maus das Hobeln, der Käfer das Bohren, die Spinne das Weben, die Schnecke das Polieren, die Heuschrecke brachte ihm das Fiedeln und die Mücke das Singen bei.

Als Lüttjemann so groß war, daß ihm der Bart wuchs, sagte sein Vater zu ihm: »Du kannst allein in der Welt fertig werden. Suche dir eine Wohnung, richte sie dir hübsch ein, nimm dir eine Frau und sei glücklich mit ihr, wie ich es mit deiner Mutter bin. Und damit dir unterwegs niemand etwas tut, so hast du hier einen Spieß und Bogen und Pfeile.« Und er gab ihm einen Schlehdorn, einen Bogen aus einer Fischgräte und Pfeile aus Wildschweinborsten mit giftigen Spitzen aus Bienenstacheln.

Lüttjemanns Mutter weinte sehr, als sie das hörte, und wischte sich mit ihrer Schürze, einem roten Mohnblatt, die Augen. Sie küßte ihren Sohn und sprach zu ihm: »Heirate kein Mädchen, das nicht dünn in der Mitte, blau in den Augen und blond auf dem Kopf ist. Und hier hast du allerlei auf die Reise mit.« Und sie gab ihm eine Tasche aus Spitzmausfell, darin war: eine Bucheckernflasche mit Bickbeerwein, eine Wurst aus Schneckenfleisch, ein Brot aus Hirtentäschel.

Lüttjemann wollte auch erst weinen, daß er nun so allein in die Welt hinaus mußte, aber er dachte daran, daß er einen Bart, einen Spieß und Pfeil und Bogen hatte, küßte seinen Vater und seine Mutter und ging tapfer in die Welt hinaus.

Als er eine Weile gegangen war, wurde er hungrig und setzte sich unter ein Klettenblatt, um zu frühstücken. Vorher aber rief er, wie es ihn seine Eltern gelehrt hatten: »Ich habe für zwei Mann genug im Sack, ist keiner da, der mithalten mag?«

Da schnurrte es über Lüttjemann, der Zaunkönig kam angeflogen, machte einen tiefen Knix und sagte: »Ich esse auch nicht gern allein; ich bin so frei und lade mich ein.«

Sie aßen und tranken, und als der Zaunkönig satt war, bedankte er sich schön und sprach: »Will man dir etwas tun, so rufe mich, ich heiße Vogel Wunderlich.«

Lüttjemann ging weiter, und als er wieder hungrig wurde, setzte er sich unter einen Fliegenpilz, knöpfte sein Ranzel auf und tief: »Ich habe für zwei Mann genug im Sack; ist keiner da, der mithalten mag?«

Da raschelte es neben ihm, und der Igel kam, bot Lüttjemann die Tageszeit und sprach: »Ich esse auch nicht gern allein; ich bin so frei und lade mich ein.«

Sie aßen und tranken, und als der Igel satt war, bedankte er sich schön und sprach: »Will man dir was tun, so rufe mich; ich bin das Tierchen Pickedich.«

Lüttjemann ging weiter, und als er wieder hungrig war, setzte er sich unter einen Brombeerbusch und lud sich wieder Gesellschaft ein. Da kam der Hirschkäfer, machte einen Diener und vesperte mit, und als er satt war, bedankte er sich schön und sagte: »Will man dir was tun, so rufe mich her; ich bin der Käfer Kneifesehr.«

Lüttjemann ging weiter und fand einen goldenen Laufkäfer auf dem Rücken liegen; er half ihm auf die Beine, und da sagte der Käfer: »Du halfest mir aus Not und Pein, dafür will ich dein Hund jetzt sein.« Und Lüttjemann freute sich darüber sehr und sprach: »Blitzeblank, so nenn' ich dich, lauf voran und schütze mich!« Da lief Blitzeblank vor ihm her und biß alles in die Beine, was den Weg nicht freigeben wollte.

Gegen Abend kamen sie an einen Steinbruch. Da sahen sie drei Glühwürmer, die leuchteten, und sechs Totengräber in schwarzen, rotbesetzten Röckchen beerdigten eine Fledermaus. Lüttjemann half ihnen dabei und lud sie nachher zum Abendbrot ein. Als die Totengräber hörten, daß er ein Haus für sich suche, zeigten sie ihm die Wohnung der Fledermaus, die jetzt leer stand.

Lüttjemann ging mit und sah sich die Wohnung an. Es war ein Loch in der Felswand unter einem Glockenblumenbusch. Die Glühwürmer leuchteten, und die Totengräber machten rein, und als alle der Kehricht heraus war, den die alte faule Fledermaus hatte liegen lassen, da freute sich

Lüttjemann, denn die Decke war ganz aus blanken Kristallen und die Wände aus dem schönsten Kalkstein.

Er machte zwei Lager, eins für sich und eins für Blitzeblank, und schlief ruhig ein, denn er war von dem weiten Weg müde. Frisch und munter wachte er am andern Morgen auf, wusch sich in einem großen Tautropfen, kochte auf einem Feuer aus trockenen Tannennadeln ein Lerchenei, das Blitzeblank herangeschleppt hatte, in einem Topf aus einer Schneckenschale, frühstückte und richtete seine Wohnung ein, und weil er viel freundlicher und gefälliger war als die brummige Fledermaus, so halfen ihm die kleinen Leute aus der Nachbarschaft.

Die Spinne webte ihm Vorhänge, die Eule gab ihm Federn für das Bett, das Eichhorn sorgte für Teller und Töpfe aus Nüssen und Eicheln, Brennholz brachten die Ameisen, der Specht schaffte Leuchtholz herbei, damit Lüttjemann abends Licht hatte, die Bienen lieferten Honig, der Eisvogel Libellenflügel als Wandschmuck.

Als alles fertig war, sagte Lüttjemann: »Fix und fertig ist das Haus; jetzt geh' ich und suche die Braut mir aus.«

Jeden Tag ging er in die Nachbarschaft auf Brautschau, und jeden Abend kam er allein nach Hause, denn er hatte keine Frau gefunden, die zu ihm paßte. Die Unke war zu dick in der Mitte, das Goldhähnchen hatte schwarze Augen und die Spitzmaus war zu schwarz auf dem Kopf.

So kam der Herbst in das Land, und Lüttjemann hatte immer noch keine Frau. Sein Häuschen war sauber und gemütlich, Küche und Keller, Stall und Scheune waren voll, aber Lüttjemann wurde immer trauriger, weil er so allein war, und spielte auf seiner Fiedel, die er sich aus einem Mausekopf gemacht hatte, nur noch ganz leise Lieder.

Als der Wind die roten Blätter von den Bäumen riß, kam

eine kleine Haselmaus und fragte Lüttjemann, ob sie den Winter über nicht neben dem Herd schlafen dürfe, denn die Holzhauer hätten ihr Häuschen in der Buche entzweigemacht. Das erlaubte Lüttjemann ihr, und sie ging hinter den Herd, rollte sich zusammen und schlief ein.

So wurde es Winter, und wenn Lüttjemann auch noch so traurig war über sein Alleinsein, einen Weihnachtsbaum wollte er doch haben. Er ging mit seiner Säge, einem scharfen Heuschreckenbein, in den Wald, wo die ganz kleinen Tannenbäume stehen, suchte sich den schönsten aus, schnitt ihn ab, setzte ihn in eine Kastanie und putzte ihn aus mit Lichtern aus Schneckentalg, Flittergold von Schmetterlingsflügeln und Watteflöckchen von Altweibersommer, und weil er am Weihnachtsabend nicht allein sein wollte, so buk er tüchtig Kuchen für seine Gäste und machte dazu ein so großes Feuer, daß die Haselmaus warm und munter wurde.

Sie rieb sich die großen schwarzen Augen, strich sich ihren langen Schnurrbart gerade, kämmte und putzte sich und sprach: »Lüttjemann, sei mal still, weil ich dir was sagen will. Mir hat geträumt in letzter Nacht, Christkind hätt' dir was gebracht. Mitten dünn, oben gold, und die Augen blau und hold. Wo der Bach den Bogen macht, es die Pustefrau bewacht.«

Lüttjemann riß sein rotes Mützchen ab und schrie: »Hurra, hurra, das stimmt genau; das paßt ganz auf meine Frau.«

Aber dann wurde er sehr traurig, denn die Pustefrau war eine Hexe, der jeder gern aus dem Wege ging, denn, wen sie anpustete, der wurde steif und stumm. Aber er dachte an seinen Spieß und Bogen und seine Pfeile und ging geradewegs nach dem Bache.

Da saß die Pustefrau unter einer faulen Eichenwurzel, rieb vor Boshaftigkeit ihre Spinnefinger, zwinkerte mit den grünen Augen und rief: ›Lüttjemann, Lüttjemann, wer mich stört, den pust' ich an. Püttjerine, deine Braut, schläft schon auf dem Farrenkraut.«

Lüttjemann hatte große Angst, als er die Pustefrau so reden hörte, als er aber das Püttjerinchen sah, die hinter der Hexe auf dem Farrenkraut lag und schlief, in der Mitte dünn, auf dem Kopfe blond und in den Augen blau, da ging er tapfer auf die Alte los.

Die Hexe machte sich dick wie eine Kröte und pustete. Als sie das erstemal pustete, lief es Lüttjemann kalt über den Rücken, aber er schoß doch einen Pfeil ab. Die Hexe aber lachte böse, fing den Pfeil auf und blies zum zweitenmal. Da lief es Lüttjemann kochend heiß über den Rücken, aber er schwang seinen Speer und ging auf die Hexe los: Da machte sie sich doppelt so dick wie vorher, und da dachte Lüttjemann an den Zaunkönig und rief: »Kleiner Vogel Wunderlich, rette vor der Hexe mich!«

Da schnurrte es in der Luft, der Zaunkönig kam an, flog der Pustefrau in das Gesicht. Aber wenn er dadurch auch Lüttjemann rettete, er selber wurde von der Hexe angeblasen, und fiel steif und stumm in den Schnee.

Wieder blies die Hexe sich auf und da fiel Lüttjemann der Igel ein und er rief: »Gutes Tierchen Pickedich, rette vor der Hexe mich!«

Da trappelte es im Schnee, der Igel kam, an, rollte sich zusammen, kugelte sich auf die Pustefrau und stach sie so, daß sie laut schrie. Aber auch ihn pustete sie an, und steif und stumm lag er im Schnee.

Wieder blies die Hexe sich auf und wollte Lüttjemann anpusten, da dachte er an den Hirschkäfer und schrie:

»Starker Käfer Kneifesehr, ich bin in Not, komm schleunigst her!«

Da krabbelte es in der faulen Eichenwurzel, unter der die Pustefrau saß, Kneifesehr steckte seine Zange hervor, faßte die Hexe um den Hals und würgte sie, daß sie blau im Gesicht wurde und das Pusten vergaß. Und da sprang Lüttjemann hinzu, stieß ihr seinen Speer in das Herz und warf das Scheusal in den Bach.

Da erwachte Püttjerinchen aus dem Zauberschlaf, richtete sich auf, strich ihr seidenes Röckchen glatt, gab Lüttjemann einen Kuß und sprach: »Püttjerinchen heiße ich, ich bin zart und püttjerig. Mein Vater ist König im Wollgrasland, Flitterfroh ist er genannt, und meine Mutter, die Königin, die nennen sie Frau Susewin.«

Da lachte Lüttjemann und fragte sie, ob sie seine Frau sein wollte, und da war Püttjerinchen zufrieden, und alle kleinen Leute im Walde kamen und wünschten ihnen Glück und geleiteten sie mit Musik durch den Schnee nach Lüttjemanns Haus; auch der Zaunkönig und der Igel, die wieder aufgewacht waren, kamen mit.

Die Haselmaus lachte, als der fröhliche Zug ankam, deckte den Tisch, braute einen Hagebuttenpunsch und steckte die Lichter an dem Weihnachtsbaum an, gerade als unten im Dorfe die Menschen auch die Lichter anzündeten.

Da ging es denn vergnügt her, Lüttjemann war froh, daß er eine Frau hatte, und Püttjerinchen freute sich, daß sie einen so guten Mann bekommen hatte.

Im Frühling feierten sie Hochzeit, wozu Lüttjemanns und Püttjerinchens Eltern auch kamen, und als sie Kinder bekamen, nannten sie den Jungen Lüttjepütt und das Mädchen Püttjelütt, und wenn sie nicht gestorben sind, dann leben sie auch heute noch.

Im Dorf

Von Max Jungnickel

Der Wintermond kriecht übers Armenhaus und verzaubert den schmutzigen Entenpfuhl im Hofe in einen blanken, funkelnden Silberspiegel. Flimmernde Nebel webt er durch die Sparren des großen Leiterwagens. Und für die Sense, die am Futterschuppen hängt, holt er aus der Arbeitsstube des Teufels das Grauen. Dann wird er müde, zieht eine weiche Wolkendecke übers Gesicht und schläft ein Weilchen.

Beim Scheine einer zitternden, schläfrigen Stallaterne schreibt im Armenhause eine kleine Mädchenhand auf eine Schiefertafel: »Alle Jahre wieder kommt das Christuskind.«

Nach einer Weile werden im Rechenbuche die Zahlen müde. Die schönen Sprüche in der Bibel werden schläfrig. Die Lieder im Gesangbuch nicken ein. Und die Stallaterne verlöscht. Zwei Holzpantoffeln werden in die Ecke gestellt. Zwei nackte Füße schleichen vor ein wackliges Bett. Der Strohsack knistert. Nun ist alles ruhig.

Die Weihnachtszeile auf der Schiefertafel aber fängt an zu schimmern und zu lächeln und zu singen. Sie stellt um das alte Armenhausbett vier große Lilien. Sie weckt den Mond. Der taumelt silberklingend in die Armenhausstube.

Und sie ruft den Wind. Der wirft die wurmstichige Armenhaustür in den Erlenbusch. Aber die Weihnachtszeile zaubert dafür eine Tür aus Rosen und macht einen Riegel daran aus Vergißmeinnicht. »Alle – Jahre – wieder – kommt – das – Christuskind.«

Im Gutshof klingt's bei Wein und Schinken und guten Zigarren: »Ja, morgen abend muß auch der Lehrer in den Krieg.«

In der Schenke klingt's bei Kartenspiel und schlechten Zigarren und Bier und einem alten, zerkauten Nachtwächterbart: »Jo, d'r Kaiser, unser Wilhelm, der holt sich jeden. Morjen muß o d'r Kanter dran jloben. ,s hilft äm nischt. Mir müssen alle weg.«

In der Spinnstube klingt's, bei hurtigen Mädchenhänden und knisternden Reisigruten: »Nu hamm mer boole keen Schullehrer mehr. Morchen muß e fort. Alles jeht in Krieg, zu juterletzt sin alle Männer weg. Dann hamm mer jor keen mehr.« Und das klingt so vorwurfsvoll.

Ein junges Mädchen, hübsch, mit dicken Zöpfen und großen Augen, klopft noch spät bei der Großmutter vom Galgenmüller an. Die Alte kann richtig weissagen. Das Mädchen fragt schüchtern: »Großmutter, kannst du mir sagen, wie lange unser Kantor noch leben wird?« Die Alte streicht eine schneeschlohweiße Haarsträhne, die ihr ins Gesicht gefallen ist, in ihr buntes Kopftuch zurück, mischt die Karten und sagt: »Unser Lehrer wird so lange leben, bis aus dem Mühlstein ein Weinstock wächst.«

Sie haben ihn ja alle so lieb, den Herrn Lehrer mit dem trauten Dorfkindergemüt.

Die Engel im Himmel haben nichts zu tun.

Um Mitternacht fängt's an zu schneien und zu schneien.

Der liebe Gott will nämlich das ganze Dorf in eine weiße Schachtel packen. Die will er dann unter den Arm nehmen und will sie von den Engeln wieder auspacken lassen, damit die ein bißchen Arbeit bekommen.

Herr Cyprian, der Dorfmusiker, der auch im Armenhause wohnt, wankt aus dem Hause des Dorfschulzen. Seine Nase glüht im Mondenschein. In seiner Manteltasche wackelt eine Flasche und ein Stück Geburtstagskuchen. Der Dorfschulze hat nämlich mit Kuchen und Musik Geburtstag gefeiert. Auf dem Rücken des Herrn Cyprian hängt die große Pauke. Der kleine Junge vom Schulzen macht einen großen Schneeball, drückt ihn recht hart und schmeißt mit aller Kraft den Schneeball an die Pauke des Herrn Cyprian. Das ganze Dorf brummt. – – – Brumm – mm! –

Herr Cyprian verliert vor Schreck das Gleichgewicht und schreit: »De Russen sin do! Kinner! Kinner! Ich kann nich mehr uff! Ich kann nich mehr uff! Hat dersch jehert! Enne Kannone! De Russen sin do!«

Am andern Morgen, um zehn Uhr, sind die kleinsten Schulkinder in der Klasse. Sie lachen und erzählen sich wunderliche Sachen vom Kriege. Die kleine, frierende Betteichristel sieht sich ihre Schiefertafel an. Der Schnee hat die schimmernde Weihnachtszeile ausgelöscht. Die nassen, blonden Haarsträhnen hängen über die Tafel. Ratlos, voll weinender Lieblichkeit, wandern zwei blaue Augen in der Schule umher.

Der Lehrer kommt. Man sieht es ihm nicht an, daß er in den Krieg muß. Er sieht sogar sehr lustig aus. Da steht die kleine Else vom Gutsherrn auf, geht an den Klassentisch und gibt dem Lehrer ein paar warme Kniewärmer. Seiferts Wilhelm geht auch vor und gibt dem Lehrer zwei dicke Schlackwürste. Und das geht die ganze Klasse durch bis auf die kleine Bettelchristel. Die bringt ein Stück Geburtstagskuchen, das ihr Herr Cyprian, der Dorfmusiker, geschenkt hat.

Die Stimme des Lehrers ist ganz weich geworden. Er fragt: »Aber warum schenkt ihr mir denn das alles?«

»Weil de in Krieg mußt,« sagt die eine.

»Daß de nich frierst,« sagt der andere.

»Daß de de Russen recht verdreschen kannst,« sagt wieder eine.

Verlegen und rot und ganz leise sagt das kleine Bettelmädchen: »Weil – de – so e – liewer – Lehrer – bist.«

Auf dem Klassentisch liegt ein ganzer Berg voll Gaben. Die liegen so gleichgültig da. Die kleine Bettelmädchenantwort singt um die Bücher des Lehrers, kriecht in seine Geige, tanzt um sein Tintenfaß und legt sich zärtlich in sein Schullehrerherz und singt dort drin und lacht dort drin und macht das Herz ganz warm.

Der Kantor steht auf und streichelt zärtlich über das nasse Bettelmädchenhaar. Und nun weiß er, daß er all diese Gaben auf dem Tische vergessen wird. Nur das eine wird er nicht vergessen: »Weil – de – so e – liewer – Lehrer – bist.«

Der Küster läutet.

Langsam wird die Klasse leer.

Am Abend, mit den ersten Sternen, ist der Lehrer zur Bahn gegangen. Irgendwohin, nach Frankreich oder nach Rußland, ich weiß es nicht.

Jungchen

Von Franz Adam Beyerlein

Erst des Abends, wenn die Dunkelheit sich dem herbstlichen Nebel gesellte, regte sich in der Ortsunterkunft das Leben. Tagsüber bedachten die Franzosen jedwede Nasenspitze, die sich hinter einer Hausruine vorwagte, mit Granaten ihrer schweren Artillerie, und da sie die Entfernungen genau kannten, trafen sie zuweilen ziemlich nahe hin. Die Lücken waren bereits groß genug in den Kompagnien, deshalb war es auch streng verboten, sich bei Tage ohne Not in Sicht des Feindes blicken zu lassen.

Um die Dämmerung aber krochen die Mannschaften aus den Erdhöhlen hervor, die sie sich unter den wüsten Trümmern des Dorfes gegraben hatten, reckten sich stöhnend und fluchend, traten zusammen und besprachen bei der Pfeife die Langeweile der Zeit. Ein wenig später langte die Feldküche an und mit ihr gemeinhin die Post. Danach begann der spärliche Dienst, der den wenigen Truppen nach den Anstrengungen des Wachtdienstes an den Ruhetagen zugemutet werden durfte. Waffen und Bekleidung wurden gereinigt, ausgebessert und nachgesehen, die Löcher, die die feindlichen Granaten in den Straßenkörper gerissen hatten, wurden ausgefüllt, und soviel die Kräfte hergaben, wurde an dem Verbindungsgraben gearbeitet, der im Zickzack vorwärts nach der Stellung führen sollte, damit auch bei Tage ein gedeckter Verkehr nach den Schützengräben stattfinden konnte.

In den ersten Dezembertagen traf endlich der ersehnte Ersatz ein. Major Kampen, der Bataillonskommandeur, war zufällig zum Brigadestab zu einer Besprechung befohlen, als der Transport anlangte. Bei einbrechender Nacht kehrte er zurück und merkte sogleich an dem lebhafteren Treiben in der Dorfstraße, welche erfreuliche Veränderung sich vollzogen hatte. Überall standen die Neuen und die Alten beisammen, die einen begierig, die Wirklichkeiten des Krieges kennen zu lernen, die anderen die frischen Nachrichten aus der Heimat durstig genießend.

Das Bataillonsdienstzimmer war in der Backstube der Bäckerei des Jean-Baptiste Gerard eingerichtet. Das einzige kleine Fenster schaute dicht über die Erde weg auf den dem Feind abgekehrten Hofraum hinaus, also durfte man getrost drinnen Licht brennen. Der Bataillonsschreiber saß mit seinem Gehilfen noch eifrig bei der Arbeit.

»Der Ersatz ist schon nach Bedarf auf die Kompagnien verteilt,« meldete er. »Wir sortieren eben die Papiere.«

»Gut, Feldwebel,« versetzte der Major, »dann mögen die Leute heute nacht nach der langen Bahnfahrt ruhen. Morgen abend rücken die von der fünften und siebenten Kompagnie mit in Stellung, die von der sechsten und achten schanzen. Auf diese Art bekommen wir nun bald unseren Verbindungsgraben.«

»Zu Befehl, Herr Major.«

»Was sind es denn für Leute, Feldwebel?«

»Oh, da kann man nicht klagen, Herr Major. Zu drei Vierteln Kriegsfreiwillige, Studenten, Kaufleute, Arbeiter, ein knappes Viertel Ersatzreserve.«

»Freut mich, Feldwebel, freut mich.«

Der Major gab noch ein paar Unterschriften und verkroch sich dann nebenan zwischen sein Stroh und seine Decken, er hatte offenbar eine derbe Erkältung vom Brigadestabe mitgebracht.

Am nächsten Tage schoß der Feind wie toll drauf los. Als der Schornstein der Bäckerei aufs Dach polterte, verlegte auch der Major seinen Wohnsitz aus dem ebenerdigen Bäckerladen in die unterirdische Backstube. Er hatte den Schnupfen, hustete zum Erbarmen und versuchte sich mit heißem Tee zu kurieren.

Abends um acht Uhr sollten die fünfte und siebente Kompagnie zur Ablösung abmarschieren. Vorher aber ließ der Major die Neuen antreten, hieß sie mit einigen kräftigen Worten willkommen und forderte sie auf, es den Alten gleichzutun, dann sei schon alles in Ordnung. Munter rückten dann die ungeraden Kompagnien nach den Schützengräben ab, die Neuen von der sechsten und achten wurden zum Schanzen geführt.

Gegen Mitternacht mochte sich der Major auf, um nach seinen Leuten zu sehen. Es durchschauerte ihn tüchtig, als der Wind ihn gleich beim Hinaustreten vor die Tür anfiel, aber er stapfte unverdrossen in das ungestüme Blasen hinein. Anfangs stolperte er auf dem zerrissenen Boden; indessen war die Nacht nicht ganz und gar dunkel: auf zwanzig oder dreißig Schritt vermochte man die Umrisse der Gegenstände zu erkennen.

Dicht beim Dorfe wurde der Verbindungsgraben ausgehoben. Die Spaten schürften und knirschten in der Erde; wenn ihre Schärfe wider einen Stein stieß, klang eine halblaute Verwünschung. Ein paar Unteroffiziere standen zwischen den schanzenden Leuten.

Kampen bewegte sich unerkannt unter ihnen und schaute zu. Alle waren mit dem gleichen Eifer am Werk, doch hier war der Arbeiter dem Studenten und Kaufmann weit überlegen. Aber treubeflissen und kameradschaftlich, mit einem etwas mitleidigen Stolz, wies der eine dem andern die Handgriffe, die die Arbeit am besten förderten.

Weiter vorn wurde er vom Schützengraben aus angerufen. Aber der Posten erkannte den Vorgesetzten sogleich. Der Kompagnieführer wand sich aus seinem niedrigen Unterstand heraus und meldete: »Nichts Neues«, wie üblich. »Zwei Gruppen sind zur Beobachtung vorgeschoben,« fügte er hinzu. »Die Nacht ist nicht allzu finster, da genügen zwei.«

Kampen fragte: »Alte oder neue Leute?«

»Halb und halb,« versetzte der Leutnant. »Die neuen sollen sich gleich an den Zauber gewöhnen.«

»Ich will mal vor zu ihnen. Die Linie läuft doch wie stets vom Birkenbusch zum roten Stein?«

»Zu Befehl, Herr Major.«

Der Kompagnieführer schickte sich an, seinen Vorgesetzten zu begleiten. Aber Kampen hieß ihn bleiben. Er war schon auf die Brustwehr gestiegen. Einer der Horchposten, die auf Rufweite vor den Gräben aufgestellt waren, wies ihm die Stelle, wo er am besten über den Stolperdraht weggelangen konnte.

Die Schützengräben der Franzosen mochten etwa sechshundert Meter entfernt sein, und man konnte annehmen, daß sie genau wie die Deutschen ihre Beobachtungsposten noch um zweihundert Meter oder auch mehr ins Gelände vorgelegt hatten. Es tat also noch nicht not, Deckung zu nehmen.

Der Major schritt in die Nacht hinaus. Auf dem freien

Felde war es doch heller, als man hätte erwarten können. Er vermochte genau zu sehen, wohin er Fuß um Fuß setzte, und eher, als er vermutet hatte, unterschied er den Birkenbusch.

Etwa ein Dutzend Birken waren da vorzeiten auf den Kamm einer sanften Geländewelle gepflanzt worden. Wind und Wetter hatten sie nur zu Büschen gedeihen lassen, und jetzt zumal waren nur noch die zerfaserten Stümpfe übrig. Alles andere hatten die Kugeln geknickt und abgerissen.

Kampen ließ sich auf die Knie nieder und kroch weiter. Sofern die Leute gehörig achtgaben, mußte er nun bald bemerkt werden. Bereits erblickte er unweit die undeutlichen Umrisse zweier Posten, die hinter Erdaufwürfen über das Feld verteilt waren, da überfiel ihn übermächtig der Drang zu niesen.

Es glückte ihm, die Explosion ein wenig zu dämpfen, aber sogleich schallte es links und rechts halblaut von drei oder vier Stimmen: »Halt, wer da?« und zugleich knackte verdächtig ein Gewehrschloß.

Geschwind gab Kampen das Feldgeschrei: »Hohenzollern«, und gewissermaßen zur Antwort rief ein Frechdachs von ziemlich fern herüber: »Zur Gesundheit, Herr Major!«

»Danke,« erwiderte Kampen gemütlich. Dann lief er gebückt mit ein paar schnellen Schritten zu dem Posten vor, der zur Linken vor ihm lag. Von da her war das Knacken des Gewehrschlosses gekommen, und auch die anrufende Stimme war ihm aufgefallen. Sie war hell wie die eines Kindes gewesen und hatte merklich gebebt, nicht gerade ängstlich, aber im höchsten Maße aufgeregt.

In diesem Augenblick hob seitwärts – dem Schall nach mochte es etwa vier oder fünf Kilometer entfernt sein – ein lebhaftes Schießen an, und sofort stiegen bei den Franzosen Leuchtkugeln auf, drei oder vier auf einmal.

Der Major warf sich eilig nieder, just neben dem Posten, denn der taghelle Schein reichte weithin über das Feld. Im erlöschenden Licht erfaßte er das Gesicht seines Nebenmannes, ein hageres, blasses Jungengesicht.

»Auf Posten nichts Neues,« meldete die brüchige Knabenstimme halblaut, während die Augen nach der Vorschrift unverwandt voraus aus den Feind gerichtet blieben.

Von neuem war das weiße blendende Licht aufgestrahlt, und das Feuer schien immer näher zu kommen. Aber gegenüber blieb alles ruhig, und endlich erstarb auch der Lärm zur Seite.

»Wie heißen Sie?« fragte nun der Major leise.

»Kriegsfreiwilliger Mühlenhof, Herr Major.«

»Und was sind Sie draußen?«

»Gymnasiast, Herr Major, Unterprimaner.«

»Wie alt?«

»Bald achtzehn, Herr Major.«

»Sind Ihnen die Strapazen nicht zu toll?«

»O nein, Herr Major. Es ist wundervoll.«

»Das ist recht. Na, gute Wacht! Halten Sie nur die Ohren steif, Mühlenhof!«

»Zu Befehl, Herr Major.«

Just als sich Kampen ausrichten wollte, prasselte das Gewehrfeuer abermals los, schwächer zwar, aber noch näher als zuvor, und auch eine einzelne Leuchtkugel stieg gleißend gen Himmel. Weiß, mit unheimlich scharfen Schatten, wie bei einer Blitzlichtaufnahme war das Feld ausgebreitet. Drüben sah man die Linien der Schützengräben und davor die dunklen Flecke der Posten auf dem Acker.

Der Major schmiegte sich dicht an den Boden. Während er so lag, hatte er einen Hustenanfall, der gar nicht nachlassen wollte.

Da wurde neben ihm die Kinderstimme zutraulich laut: »Wenn Herr Major Malzbonbons mögen? Ich habe welche, die sind sehr gut für Husten.«

Es war rührend zu sehen, wie immerzu das hagere Jungenantlitz nach vorwärts gewendet blieb, während die Linke nach rückwärts in die Tasche griff, ein Tütchen hervorlangte und darbot. Die Rechte aber war an das Gewehr gebannt.

Kampen nahm lächelnd die Tüte und holte sich ein Bonbon heraus. »Auch eins?« fragte er.

»Danke gehorsamst, Herr Major,« antwortete der Kriegsfreiwillige, »ich habe noch.«

»Na, dann schönen Dank auch, mein Jungchen, und gute Wacht!«

»Danke gehorsamst, Herr Major.« –

Im Schützengraben sagte der Major zum Kompagnieführer: »Es war alles in bester Ordnung draußen, und auch die neuen Leute scheinen halbwegs im Bilde zu sein. Da haben Sie ein liebes Kerlchen drunter, den Kriegsfreiwilligen Mühlenhof; Unterprimaner war er draußen, ein halbes Kind noch. Nehmen Sie mir das Jungchen recht in acht!«

Der Leutnant versprach es, und Kampen kehrte in das Dorf zurück. Er dachte nach Hause, allerdings – sein Jungchen war erst vier Jahre alt. –

Von diesem Augenblick an hieß der Kriegsfreiwillige Mühlenhof in der Kompagnie, ja im ganzen Bataillon nur noch »Jungchen«; zuerst wehrte er sich gegen den Namen, aber schließlich ließ er sich ihn ganz gern gefallen, weil er herausspürte, daß nicht Geringschätzung, sondern Neigung ihn geschaffen hatte.

Jedermann hatte Jungchen lieb, und binnen kurzem schien es, als hätten sich vom Major bis zum letzten Musketier herab alle verschworen, Jungchen gründlich zu verwöhnen. Jeder unangenehme Dienst ging wie selbstverständlich an ihm vorüber, und keiner murrte wider die Bevorzugung. Jungchen selbst merkte den Betrug gar nicht, denn in seinem Schülerdasein hatte es noch nie die Erfahrung gemacht, daß auch schmutzige und widerliche Hantierungen zum Leben nötig sind. Dagegen gebürdete es sich fuchsteufelswild, als einmal des Nachts der schwarze Krischan an seiner Statt den Horchposten bezogen hatte. Jungchen war gar nicht zu wecken gewesen, als die Ablösung losziehen wollte, so schön hatte es geschlafen, da war Gefreiter Tostlöwe, der schwarze Krischan, – zum Unterschied von dem gelben, blonden – eingesprungen. Das aber hatte Jungchen für eine Gemeinheit und Ehrenkränkung erklärt und sich ein für allemal verbeten.

Der schwarze Krischan war Jungchens Nebenmann im Glied, nach seinem Nationale eine nicht ganz einwandfreie Persönlichkeit, insofern ihn eine unaufgeklärte Rauferei auf einige Monate der bürgerlichen Freiheit entzogen hatte. Er war auch kein guter Friedenssoldat gewesen, aber seitdem mobilgemacht worden war, hatte er sich als einer der besten Feldsoldaten entpuppt. Er ging toll drauf und scheute vor keiner Gefahr zurück; trotz seiner Vorstrafe war er Gefreiter geworden, und er trug bereits das Eiserne Kreuz.

Feldwebel Buttsteert, der in seinem Verhältnis zum schwarzen Krischan zwischen Hochachtung und alten Garnisonszweifeln hin und her schwankte, hatte gleichwohl keinen Verläßlicheren als den Gefreiten Tostlöwe gewußt, um ihn zu Jungchens Hüter zu bestellen. »Der Herr Major,« hatte er gesagt, »und der Herr Leutnant und ich und wir alle, wir möchten doch gern, daß Jungchen heil wieder heimkommt, – da passen Sie mal ein bißchen auf, Tostlöwe!«

»Herr Feldwebel können ganz ohne Sorge sein,« hatte darauf der schwarze Krischan versetzt, »ich habe Jungchen gern, und also: vielleicht erwischt's mal ihn und mich zusammen, ihn alleine – niemals. Aber es wird schwer halten, Herr Feldwebel, er ist ganz versessen aufs Kreuz.«

»Ja, ja,« seufzte Buttsteert, »so ist das junge Volk. Alle wollen sie das Kreuz, und manch einer kriegt dabei bloß eines aufs Grab.«

»Tja – ohne Kreuz tut er's nun mal nicht.«

Der Feldwebel zuckte die Achseln, im ganzen aber war er beruhigt, – Tostlöwe war verläßlich. –

Je näher das Weihnachtsfest rückte, desto mehr verdichteten sich die Nachrichten von einem allgemeinen französischen Angriff. Aus strategischen Gründen konnte von einem Losbrechen gegen den Teil der deutschen Front, der von dem Bataillon des Majors Kampen und den Nachbartruppen besetzt war, nicht wohl die Rede sein. Aber auch hier war eine unruhige Stimmung eingekehrt. Die Posten hatten Anweisung, schärfer denn je Ausschau zu halten und insbesondere aufzumerken, ob sie etwa in der Nacht Räderrollen von Geschützen und Kolonnen vernähmen. Bisweilen gelangte eine Meldung dieses Inhalts rückwärts an den Stab, die Leute wollten auch beim Feinde drüben, wie sie sagten, neue Gesichter gesehen haben, – aber all das war reichlich unbestimmt gehalten.

Eines Tages lief darum der Befehl vom Korps ein, die Bataillone in den Gräben hätten festzustellen, welche feindlichen Regimenter ihnen jeweils gegenüberlägen; der Erfolg der Erkundung war unverweilt dem Korps zu melden. Es war klar: wurde diese Unternehmung längs der ganzen Front mit Glück ausgeführt, so erhielt der Große Generalstab, der ja längst eine einigermaßen zutreffende Ordre de bataille des feindlichen Heeres aufgestellt hatte, höchst wichtige Nachrichten über die Truppenverschiebungen hinter der französischen Front.

Kampen gab den Befehl sogleich an die beiden Kompagnien in den Schützengräben vor und fügte die Weisung hinzu, die gewünschte Nachricht möglichst noch im Laufe der Nacht beizubringen. Er durfte es getrost seinen erprobten Kompagnieführern überlassen, die geeigneten Maßnahmen zu treffen. Für alle Fälle befahl er seinem Burschen, ihn um fünf Uhr in der Frühe zu wecken, dann wollte er selbst vorn nach dem Rechten sehen. Er wußte, derlei Streifzüge wurden stets in der zweiten Hälfte der Nacht, gegen den Morgen hin, wenn die Wachen übermüdet waren, unternommen.

Dicker Nebel hatte am Abend über dem Land gelegen, und es war ringsum windstill gewesen. Als der Major früh um den sechsten Glockenschlag im Verbindungsgraben nach vorn ging, blies ein leichter Wind von Westen und jagte die feuchten Schwaden vor sich her. Der Tag war noch ferne, aber eine ungewisse Helligkeit brach schon von oben herein.

Bei der fünften Kompagnie war die Arbeit bereits geteilt. Zwei gefangene Franzosen hockten in einem Unterstand, wärmten sich die Hände an den Tassen, in denen heißer Kaffee dampfte, und blafften dazu ein paar geschenkte Zigaretten. Höflich standen sie vor dem Offizier auf.

Der Major versuchte die Gefangenen, eine abgekniffene Patrouille, auszufragen. Beide trugen eine 339 am Käppi, sie gehörten also dem 339. Territorial-Infanterieregiment an. Der eine hatte einen dreisten, schlauen Blick und wollte nichts sagen, der andere war ein gutmütiger, beschränkter Mensch und konnte wohl beim besten Willen nichts verraten. Er sei erst seit zwei Tagen hier an der Front und habe Mühe gehabt, sich an seinem Platze auszukennen, erklärte er; wie könne er da wissen, wer nebenan liege? Die nebenan seien außerdem von einer anderen Division.

Der Major war ganz zufrieden mit dieser Auskunft. Um so wichtiger mußte nun die Feststellung sein, die der siebenten Kompagnie zugewiesen war. Er lobte die Musketiere, denen der Fang gelungen war, und begab sich über das freie Feld eilends zur Nachbartruppe. Im Osten färbte sich der Himmel immer grauer, und der Nebel war fast gänzlich verweht.

Die siebente Kompagnie befand sich in einiger Verlegenheit. Feldwebel Buttsteert, der sie in Vertretung des influenzakranken Leutnants führte, meldete, es sei ihm bisher noch nicht gelungen, den erhaltenen Befehl auszuführen. Patrouillen waren wohl während der Nacht bis zu den feindlichen Gräben vorgestoßen, aber sie hatten keinerlei Posten vor der feindlichen Linie vorgefunden; schließlich hatten sie heftiges Feuer erhalten. Weil nun aber der Befehl auf jeden Fall ausgeführt werden mußte, waren jetzt fünf Freiwillige unterwegs; sie wollten bis zu den feindlichen Gräben vorkriechen und schlankweg hineinspringen. Die ersten sollten dann links und rechts mit Mauserpistolen schießen und mit Bajonetten stechen, zwei sollten den Franzosen die Käppis von den Köpfen reißen, und der letzte sollte den anderen den Rücken decken.

»Da kommt doch am Ende keiner wieder, Buttsteert,« schalt Kampen, »war es denn nicht anders möglich?«

»Zu Befehl, nein, Herr Major. Auf keine Weise.«

»Und jetzt sind sie unterwegs?«

»Zu Befehl, Herr Major. Wir warten ja alle drauf, daß das Schießen drüben losgeht.«

Der Major sah schweigend durch sein Glas nach dem Feind hinüber. »Es wird immer heller,« brummte er.

»Zu Befehl, Herr Major,« versetzte der Feldwebel bekümmert. »Wenn sie man bloß voranmachen!«

Kampen war Chef der siebenten Kompagnie gewesen, ehe er zum Major befördert worden war. Darum kannte er die meisten Leute. »Wer ist denn hinüber?« fragte er.

»Die Gefreiten Tostlöwe und Meinhardt, Herr Major, und dann Johannsen und ein Neuer, Schmitt II.«

»Das sind aber erst vier. Ich denke, fünf waren es?«

»Zu Befehl, Herr Major. Und dann – ist noch Jungchen mit, der Kriegsfreiwillige Mühlenhof.«

»Jungchen?! – Buttsteert, nehmen Sie mir's nicht übel, das ist höchst dämlich von Ihnen. Das Kind hätten Sie nicht mitgehen lassen dürfen.«

»Zu Befehl, Herr Major, hab' ich auch nicht. Aber Jungchen ist mir einfach nach vorn durchgebrannt.«

»Das versteh' ich nicht, Buttsteert.«

»Zu Befehl, Herr Major, also das war so. Ich frage: ›Wer meldet sich freiwillig?‹ Natürlich treten fünfzig oder sechzig vor, Herr Major, – wie immer. Es sind eben doch brave Kerle. Jungchen vornan. Er zappelte wieder mal ganz unmilitärisch vor Eifer. Ich sehe mir meine Leute an und nehme dann die Gefreiten Tostlöwe und Meinhardt, die sind flink und vigilant und fürchten Tod und Teufel nicht, und die, sagt' ich, sollten sich nun jeder noch einen heraussuchen. Der schwarze Krischan nimmt Johannsen, Meinhardt den Schmitt II. Da hätten aber Herr Major Jungchen sehen sollen! Er zettelte einen richtigen militärischen Aufruhr an und vermaulierte sich ganz unverschämt. Er hätte sich zuerst gemeldet und wollte auf jeden Fall mit, sonst pfiffe er auf uns alle und wüßte nun, was unsere Kameradschaft wert wäre. Wie eine richtige boshafte kleine Krabbe schimpfte er und gehört eigentlich vors Standgericht. Na, ich ließ es ihm hingehen, weil es doch gut gemeint war, und erst als es zu toll wurde, blies ich ihn an: ›Maul halten, Kriegsfreiwilliger Mühlenhof!‹ Da war er denn auch still. Aber dann, wie die vier aus dem Graben heraus sind, seh' ich auf einmal einen hinterherrennen. Das war Jungchen. Er ist mir richtig nach vorn durch die Lappen gegangen. Schreien durft' ich nicht, und wie es scheint, sind ihn auch die vier nicht losgeworden. Da ist er denn nun mit hinüber.«

Kampen nickte. »Na – hoffentlich, Buttsteert!« sagte er.

Der Feldwebel antwortete: »Weiß Gott, Herr Major, hoffentlich! Zu Befehl!«

Beide blickten durch die Gläser über das Feld weg. Weithin lag es still da, auch die Horchposten und die Beobachter weiter vorn waren bereits wieder eingerückt.

Plötzlich rief der Major: »Da, Buttsteert, hören Sie nichts? Jetzt sind sie im Graben.«

Ein einzelner Schuß war drüben gefallen. Offenbar war er von einem überraschten Posten abgegeben. Gleich darauf setzte ein lebhaftes Knattern ein, es klang weit schwächer herüber als der erste Knall.

»Das sind die Mauserpistolen,« sagte der Feldwebel.

Allmählich belebte sich nun die ganze feindliche Front. Weithin, die Linie entlang, flammte das Feuer auf.

»Deckung, Herr Major! Bitte gehorsamst!« mahnte Buttsteert. »Der Zufall könnt' es doch mal wollen.«

Kampen duckte sich ein wenig hinter die Brustwehr. Der Wind wehte jetzt schärfer und jagte in heftigen Stößen den Nebel vom Boden empor. Zuweilen war das Gelände ganz frei bis hinüber zum Feind.

Mit einem Male richtete sich der Major hoch auf. »Da!« stieß er hervor. »Rechts, grad' in der Nebelwolke – da sind sie! Wo wollen sie denn hin?«

»Zu Befehl, Herr Major, das sind sie,« erwiderte der Feldwebel. »Und das ist so ausgemacht: sie rennen erst rechts hinüber. Wir wissen doch, die Franzosen haben ihre Schießscharten so eng gebaut, daß sie gar nicht groß seitwärts halten können. Oder aber – sie müssen aus der Deckung heraus. Und das tun sie nicht so leicht.«

Kampen nickte. »Es sind bloß noch vier, Buttsteert,« sagte er halblaut.

Der Feldwebel sah scharf hin. »Zu Befehl, Herr Major,« versetzte er, »Gefreiter Meinhardt fehlt.«

In atemlosem Laufe rannten die vier Leute querfeldein, jeder einzelne für sich, um das Feuer zu zerstreuen. Nun schlugen sie, offensichtlich auf ein Kommando, plötzlich einen Haken und strebten auf den Schützengraben zu.

Buttsteert hatte die besten Schützen der Kompagnie bereitgestellt. »Achtung!« rief er jetzt. »Fertig zum Feuern! Wenn sich drüben was zeigt, los! Aber genau hinhalten, Kerls!«

Einige Schüsse fielen, aber sie hatten wenig Sinn. Dagegen überschüttete der Feind aus seiner Deckung auf und ab das Gelände mit einem wütenden Feuer.

Einer von den vieren schlug langhin. »Johannsen,« brummte der Feldwebel, »schade!« Aber Johannsen war nur verwundet. Er kroch langsam weiter und deckte sich hinter einem Erdhügel, der über dem Kadaver einer Kuh aufgeworfen war.

Jedweder im Graben schaute beklommen der wilden

Jagd zu. »Schießt doch, ihr Esel!« schrie Buttsteert. Darauf lösten sich ein paar Augen los von den gehetzten Kameraden und suchten den Feind. Aber von dem war nichts zu erblicken.

Etwa vierzig Meter vor dem Graben stürzte noch einer. »Jungchen!« ging es von Mund zu Mund. Die andern beiden rasten immer näher heran, blaurot im Gesicht, mit keuchender Brust, die Augen weit aufgerissen. Sie setzten in tollen Sprüngen über den Stolperdraht – und sie konnten es schaffen. Schmitt II schwang sich behende über die Brustwehr, Tostlöwe, der schwarze Krischan, hatte sich zuletzt noch in einer Drahtschlinge verfangen und stürzte kopfüber in den Graben.

»Ha ja,« schnaufte Schmitt, »da wären wir wieder!«

Dem schwarzen Krischan flimmerte es vor den Augen nach dem heftigen Sturz. Er stand aber bald wieder auf den Beinen und sah sich groß um. Mit einem Male besann er sich: »Herrgott, die Nummer!« Er rüttelte Schmitt, der japsend an einem Unterstand lehnte. »Mensch,« schrie er, »was war es doch für eine Nummer?«

Der Musketier lächelte blöde. »Ich hab' nur geschossen; immer rechts und links,« keuchte er. »Die Nummer mußt du wissen, du oder Jungchen.«

Dem Gefreiten gab es einen Ruck. »Jungchen!« rief er, indem er sich rings umschaute. »Wo ist Jungchen?«

Jungchen lag noch am gleichen Fleck, wo es gestürzt war. Man konnte vom Graben aus nicht sehen, ob es eine Wunde hatte oder ob es nur über den Draht gestolpert war. Als es jetzt den schwarzen Krischan über der Brustwehr erblickte, rief es mit seinem hellen Stimmchen herüber: »Vergiß nicht, Krischan, einhundertfünfundachtzig und Jäger achtzehn!«

Und noch einmal, klar und deutlich: »Einhundertfünfundachtzig und Jäger achtzehn!«

In diesem Augenblick setzte von drüben ein rasendes Feuer ein. Die gesamte Besatzung des feindlichen Grabens schoß wie toll.

»Jungchen, deck dich!« rief Krischan.

Aber Jungchen antwortete nicht. Es lag, das Gesicht auf die Erde gelehnt, stumm da.

»Jungchen!« schrie Krischan abermals. »Jungchen, was hast du denn? – Wart', ich hole dich.«

Da legte sich der Major ins Mittel. »Bleiben Sie, Tostlöwe!« befahl er. »Es ist Wahnsinn bei diesem Feuer. Und – Jungchen helfen Sie ja doch nicht mehr.«

Aber der Gefreite war schon über die Brustwehr hinweggeklommen. Dicht an den Boden geschmiegt schob er sich langsam über die Drähte hinweg oder unter ihnen durch, wie sie just gespannt waren, an Jungchen heran.

Die Franzosen schienen ihr Feuer zu verdoppeln, und Kampen ließ auch seinerseits mit einem mäßigen Schützenfeuer erwidern.

Fuß um Fuß kam Krischan voran. Schon war er so weit, daß er Jungchen mit der ausgestreckten Hand hätte erreichen können, da hielt er mit einem Mal inne und regte sich nicht mehr.

Schmitt II und ein paar andere wollten hinaus, die beiden holen, aber der Major entschied: »Es sind genug für heute.«

Nach kurzer Zeit erlosch das Feuer der Franzosen, aber sobald sich ein Kopf über der Brustwehr zeigte, brach es von neuem los. Die Dunkelheit mußte abgewartet werden, um den verwundeten Johannsen und die beiden Toten zu bergen.

Kampen kehrte nach seinem Quartier zurück. –

In der Backstube war eine stattliche Zahl Pakete aufgehäuft. Sie waren noch in der Morgendämmerung mit der Briefpost angelangt. Weihnachten war ja nahe.

»Herr Major verzeihen,« fragte der Schreiber, »ist es wahr, daß unser Jungchen gefallen ist?«

Kampen nickte.

»– Und hier ist gerade das Weihnachtspaket für ihn.«

Der Major nahm das mäßiggroße Kistchen. Auf der Adresse war von einer sauberen Handschrift hinzugefügt: »Wenn unbestellbar, zur Verfügung des Truppenteils.«

»Ich schaue selber hinein,« sagte er, »und ich schreibe auch den Eltern selbst.«

Er meldete dem Regimentsstab durch den Fernsprecher die festgestellten feindlichen Regimentsnummern und schrieb dann einen kurzen Bericht nieder, um für Tostlöwe und Jüngchen, die beiden Gefallenen, und für Johannsen und Schmitt II eine Auszeichnung zu beantragen.

Danach nahm er das Weihnachtspaket zur Hand und löste die Verschnürung. Es enthielt Wollsachen, ein paar Taschentücher und Eßvorräte. Die Wollsachen sollte Schmitt II erhalten, die Taschentücher Johannsen, und in die Eßvorräte sollte sich Jungchens Korporalschaft teilen. Außerdem lagen noch ein Zettel und eine Tüte Bonbons bei. Auf dem Papier hatte eine absichtlich steil gehaltene Kinderhand geschrieben:

»Mein liebes Ottchen!

Die Weihnachtsbriefe der Eltern hast Du nun längst erhalten. Ich konnte Dir nicht eher schreiben. Nachmittags bin ich immer in der Kinderbewahranstalt, weil die Gemeindeschwester jetzt Krankenpflegerin im Lazarett ist, und sonst stricke und häkle ich. Ich schicke Dir hier eine Tüte Malzbonbons, die Du so gern magst. Wenn Dein Major wieder Husten hat, biete auch ihm eines an. Fritzel, Lottchen und die niedliche kleine Miezmaus grüßen ihren großen Soldatenbruder von ganzem Herzen, ebenso

Deine treue Schwester Ilse, genannt Ilsulein.«

Der Major Betrachtete den Kinderbrief lange, am Ende verwahrte er ihn in seiner Brieftasche. Spielerisch hatte er der Tüte ein Bonbon entnommen und es in den Mund gesteckt. Er hielt es für keinen Raub, selbst die Tüte zu behalten.

Um acht Uhr am Abend war die siebente Kompagnie abgelöst worden. Eine Stunde darauf langte sie im Dorfe an. Johannsen hatte einen leichten Beinschuß und war bereits verbunden, er hinkte, auf beiden Seiten gestützt, hinterdrein. Der Gefreite Tostlöwe und der Kriegsfreiwillige Mühlenhof wurden, in ihre Mäntel gehüllt, auf zwei Bahren getragen. Jungchen hielt drei Käppis, die es drüben im französischen Schützengraben an sich gerissen hatte, noch fest in der erstarrten Hand.

Am schönsten Fleck des kleinen Friedhofs hoben die Kameraden ein tiefes und breites Grab aus, damit die beiden Toten nebeneinander ruhen konnten. Ein paar gingen landeinwärts nach einem Kieferngehölz und trugen grünes Gezweig heran. Damit legten sie das Grab aus, betteten die beiden hinein und deckten sie mit Grün zu.

Mitternacht war darüber herangekommen. Da klopfte Buttsteert im Bäckerladen des Jean-Baptiste Gerard an die Tür: »Herr Major verzeihen, es ist nun so weit.«

Kampen ging mit dem Feldwebel nach dem Gottesacker. Der zunehmende Mond gab sein blasses Licht, und ein paar Sterne flimmerten. Dicht gedrängt umstanden die

Musketiere das finstere Grab.

Der Major trat vor bis an den Rand und hob an: »Liebe Kameraden.« –

Da brach ihm die Stimme, und rings um ihn schluckten und schluchzten alle die Männer.

Er faßte sich gewaltsam und fuhr schlicht fort: »Liebe Kameraden, ich bitte euch, trete jeder heran und nehme Abschied von zweien unserer Besten, von Christian Tostlöwe und Otto Mühlenhof, unserem Jungchen! Und gelobe sich jeder: wir wollen dieser Toten wert sein. So schenke ihnen denn der Herrgott die ewige Ruhe. Amen!«

Langsam schob sich die Kompagnie heran, und jeder griff in die aufgehäufte Erde zur Seite und weihte den Toten drei Handvoll davon.

Der Tannenzweig

Von Karl Bröger

»Du, Peter – –«

»Hm. – Was willst denn?«

»Es ist wirklich Weihnachten geworden. In drei Stunden ist der Heilige Abend. Aber noch immer keine Post. Verdammte Bummelei – das!«

»Na, es wird schon noch werden. Mittags sind doch vier Mann vom ersten Zug zurück in die Unterkunft. ›Zum Postempfang!‹ hat der Zugführer noch extra gesagt. – Du, daß wir zwei da nicht mit sein können. Wäre doch ein ganz feiner Druckpunkt. Paß auf, heute nacht erwischt's uns auf Sappenwache. Ja, wer halt das Glück hat!«

»Sicher sind die Brüder beim Marketender eingekehrt und finden die Tür wieder nicht eher, als bis es finster ist.«

»Hätten wir das anders gemacht? Man muß mitnehmen, was einem in den Weg kommt. Ihren Weg finden sie, und daß sie heut noch kommen, dafür sorgt schon der Feldwebel. Du kennst den Alten doch?«

Der Landwehrmann Peter Mutz pufft seinen Kameraden, den Landwehrmann Michael Waldner, aufmunternd in die Rippen, zieht vorsichtig den rechten Stiefel aus dem Grabendreck und schlenkert den Fuß wie eine Katze, die ins Wasser getreten hat.

»Saustall, verfluchter! Sag' mir bloß, Michl, wo das Wasser alles herläuft? Wenn ich jetzt denk', wie's bei mir daheim ausschaut – überall fester Schnee, der Boden so fest und glatt wie im Tanzsaale ... Michl, schön wär's doch, wenn Frieden wär'!«

»Rindvieh!? – –«

Ganz langsam und bedächtig wendet Peter Mutz den Kopf seinem Nachbarn zu, der auf einem Grabeneinschnitt sitzt und heftig an einer Pfeife zieht.

»Meinst du mich? – Hast ja recht. Dumme Gedanken sind das mit dem Frieden, aber sag' selber, schön wär's doch!«

»Mir wär's lieber, wenn erst die Post käm': – Die können mich doch nicht vergessen. – Oh, na, na – ausgeschlossen!«

Michel Waldner nickt bekräftigend und fährt sich mit der linken Hand sinnend durch den wuchernden Vollbart. Kamerad Peter lächelt ihm gutmütig zu, spitzt dann gedankenvoll die Lippen und pfeift leise und gefühlsselig vor sich hin:

»Nach der Heimat möcht' ich wieder,
in der Heimat möcht' ich sein.«

Der späte Nachmittag hängt trübe Schleier über das weit hinaus ebene Gelände. Unendliche Schwermut brütet auf dem pikardischen Land, das in seiner baum- und höhenlosen Flachheit vor dem Auge zu fliehen scheint. Der Regen hat die Luft mit Dünsten geschwängert und steht zwischen den Stellungen in Pfützen, die wie erblindende Augen zum Himmel starren.

Peter Mutz unterbricht sein Pfeifen.

»Merkwürdig still ist es doch da drüben. Nicht einmal der August schießt. – Du, Michl, ob die Franzosen auch an Weihnachten denken.«

»Warum denn nicht! Sie haben doch auch Weiber daheim und Kinder.«

»Aber wie ist's bei ihnen mit dem Weihnachtsbaum? In dem Land gibt's doch keine Tannen oder Fichten.«

»Ich weiß nicht. Sie werden halt auf den Tisch stellen, was sie haben.«

»Richtige Weihnachten ist das aber doch nicht. Weihnachten ohne Tannenbaum!«

»Wir haben doch auch keinen. – Aber, das ist ja gleich. Die Post soll kommen.«

Im Graben entsteht Bewegung. Aus den Unterständen schlüpfen die Leute und spähen nach der Richtung aus, wo der Laufgraben in die Stellung mündet. Dort taucht manchmal ein grauer Höcker über den Rand, verschwindet wieder, erscheint an einer anderen Stelle und jetzt –

»Hurra, die Post! – Für mich was dabei? – Für mich?«

Vielstimmig schallen die Fragen durcheinander, und nur mit Mühe erwehren sich die Postempfänger des jubelnden Ansturms. Wer selbst im Felde war, weiß, daß Postempfang für den Soldaten das größte Erlebnis ist.

Michael Waldner hat die Pfeife aus dem Mund genommen; ein glückliches Lächeln spielt um seine Lippen.

»Endlich, Peter, endlich! – Es wird doch was für mich dabei sein?«

»Natürlich, Michl! Warum soll denn gerade für dich nichts dabei sein?«

Peter Mutz ist ein beneidenswert gleichmütiger Mensch; doch die zitternde Erwartungsfreude des Kameraden steckt auch ihn an.

Unterdessen geht die Verteilung der Pakete im Graben vor sich. Jeder zieht sich mit seinem Schatz in einen Winkel zurück und macht sich an das Auspacken.

»Waldner! – Michael Waldner! – Wo ist denn der Waldner?«

»Hier! – Hier im Graben, Kamerad!«

Die Stimme Michael Waldners hat einen rauhen Beiklang, deutlich hörbar trotz des halblauten Tons, in dem er ruft:

»Obacht! Hopp! – Hopp!«

Über die Schulter fliegen zwei graue Päckchen. Um ein Haar wäre das zweite im Dreck gelandet, wenn es Peter nicht im letzten Augenblick aufgefangen hätte.

»Peterl, Kamerad, Freund – zwei Pakete, zwei, denk' bloß, Mensch.«

»Na also. Hab' ich's nicht gesagt?«

Mit zitternden Fingern nestelt Michael Waldner an den Verschnürungen. Sind die Finger klamm oder hat sie die Freude steif gemacht?

Es ist schon ziemlich dunkel geworden, so daß Michel Waldner den Brief ganz nahe an die Augen halten muß.

Für einige Minuten herrscht völlige Stille. Man hört nur das Atmen der beiden Männer.

»Von meiner Frau ... Sie schreibt, daß es ihr und den Kindern soweit ganz gut geht ... Bloß, daß alles so teuer ist ... Daran können wir doch auch nichts ändern, nicht wahr, Peter?«

Peter schüttelt nur den Kopf; sagen konnte er auch gar nichts, weil ihm Michael Waldner eine halbe Tafel Schokolade in den Mund geschoben hat, während er selbst an einem Stück Apfel kaut.

»Schmeckt doch schön, so ein bißchen Schleckerei!«

Fast verlegen gucken sich die zwei rauhen, wetterharten Männer an, und Peter verschluckt sich, was ein unterdrücktes Husten und Räuspern im Gefolge hat.

»Man ist das Zeug halt doch nimmer gewöhnt,« meint er entschuldigend.

Michael Waldner kramt inzwischen seine Herrlichkeiten weiter aus. Plötzlich hält er inne, hebt den grauen Pappumschlag zur Nase und schnuppert hinein. Dann stülpt er beinahe feierlich den Karton um und hält einen kleinen grünen Tannenzweig in der Hand und einen Zettel, auf dem mit großer, ungelenker Kinderschrift zu lesen steht: »Vater, als Weihnachtsbaum.«

»Aus unserm Wald ... von meinem Hans geholt ... Er ist gerade vier Jahre gewesen, wie ich fort bin ... Wie doch die Zeit vergeht! ...«

Der Landwehrmann Michael Waldner knüpft den Mantel auf. Die harten, rissigen Soldatenhände streicheln liebkosend über den Tannenzweig, ehe sie ihn zwischen dem dritten und vierten Waffenrockknopf befestigen. –

»Die Wachen fertig machen zur Ablösung! – Waldner und Mutz in den Sappenkopf!«

Die beiden Landwehrleute greifen nach den Gewehren, ziehen den Leibgurt etwas nach und verschwinden geräuschlos in der Nacht.

Doch ehe sie hinausgingen, hatte Michael Waldner die Hand auf die Stelle seines Waffenrocks gedrückt, wo der Tannenzweig ruhte.

Und Peter Mutz hatte zufrieden gelächelt.

Zeitfracht Medien GmbH
Ferdinand-Jühlke-Straße 7
99095 Erfurt, Deutschland
produktsicherheit@kolibri360.de

Druck:
CPI Druckdienstleistungen GmbH
im Auftrag der
Zeitfracht Medien GmbH
Ein Unternehmen der Zeitfracht - Gruppe
Ferdinand-Jühlke-Str. 7
99095 Erfurt